Einleitung

Zeit ist relativ wie Albert Einstein es vor vergangener Zeit bemerkte. Ihn verbindet aber nicht nur die Mathematik und seine E=mc² mit dieser Zeit, er hatte noch eine ganz andere Seite die ihn für mich interessant macht.
Diese Seite ist seine Spiritualität und seine Sicht der Dinge. Dieses Buch ist aber keine Biographie über Einstein noch behandle ich mathematischen Themen.

Dieses Buch ist zu dir gekommen um dich anzuregen mal Inne zu halten und dir Gedanken zu machen, wer du eigentlich bist und was du hier auf dieser Erde und in dieser Zeit für eine Aufgabe hast. Denkst du, dass es dein Lebensinhalt ist, nur für die Familie zu funktionieren? Das du morgens aufstehst und zur Arbeit gehst, erschöpft Zuhause ankommst, Essen, Fernsehen, Schlafen, Arbeiten? Sehnst du dich auch nach mehr Erfüllung mehr spürbarem Leben in dir?
Genau das ist der Grund warum ich dieses Buch geschrieben habe. Über 50 Jahre lang, habe ich ein Leben gelebt, das doch dem funktionieren am ähnlichsten ist. Viele meiner Handlungsweisen wurden durch Konditionierungen die von Außen kamen bestimmt. Viele meiner Vorstellungen und Doktrinen waren falsch.

Dieses Buch das du in den Händen hältst, ist in vielen schlaflosen Nächten entstanden. Diese schlaflosen Nächte haben mir aber keinerlei Mühen oder Anstrengungen abverlangt. Diese Nächte waren für mich bereichernd und haben mir viel Kraft zurückgebracht die ich verloren hatte. Ich habe meine Spiritualität entdeckt und das möchte ich dir gerne Näher bringen. Spiritualität was ist das eigentlich?

Bei der Behandlung meiner Bänderrisse durch meine Frau die mit ihren energetisch schamanischen Behandlungsmethoden diese heilte, empfahl sie mir noch den Besuch bei einem befreundeten Schamanen, der meinen Heilungsprozess unterstützen sollte.

Dieser Schamane sagte mir, dass er in mir einen Lehrer der Dualität sieht, einen Künstler, aber nicht den technischen konditionierten Menschen welcher ich bis dahin war.

Viele neue Dinge und Sichtweisen sind mir seither zugeflogen. Bewusstsein, Achtsamkeit, Ego, Philosophie, Buddhismus, Religion, Meditation, Erleuchtung um nur ein paar zu nennen.

So stand ich nun da mit einem Berg von Wissen über die geistige Welt und meiner Inneren Welt. Ich sog das ganze auf wie ein Schwamm. Es war sehr bereichernd und ich bemerkte, dass diese Spiritualität nicht nur was für streng Gläubige, Gurus oder Philosophen ist. Auch so Normalos wie ich konnten damit was anfangen und auch brauchbare Hilfe finden für ein erfülltes Leben.

In meinem Erkenntniswahn überkamen mich sehr viele positive und Glück erfüllte Momente die mich antrieben die ganze Welt zu umarmen. Jedem wollte ich von meinem Glück erzählen und natürlich jedem mit meinen neuen Erkenntnissen helfen.

Auch dieses Buch ist aus einem dieser Tsunamiwellen entstanden, aber mit einer deutlich abgeschwächter und wohl dosierten Klarheit. Einen großen Anteil trägt aber meine Muse, die mich antrieb diese Zeilen zu schreiben. Ich möchte dir gerne auch über die unzähligen Impulse auf meinem spirituellen Weg erzählen. Viele schamanische Trommelreisen und Ritualen, mit der Führung meiner Frau haben mir tiefe Einblicke zu meinen Krafttieren, meinen Energiefeldern und die Verbundenheit zu dem „großen Ganzen" gezeigt.

Es waren auch viele Worte der Weisheit die ich von den Philosophen wie Sokrates, Platon, und viele Andere als Impulse für meinen Weg erhielt.

Auch Siddhartha Gautama , der wohl mehr als Buddha bekannt ist, hat mir durch seine Lehrweisheiten zum tiefen Verständnis verholfen.

Da der Buddhismus keine Religion ist, noch eine Wissenschaft, erfüllt mich diese Weisheit mehr als die einer Offenbarungsreligion oder einer Sekte die mir zu enge Schranken setzt.

Ich habe einen Weg für mich entdeckt der sich lohnt gegangen zu werden. Auch meine Interessen haben sich geändert, meine sozialen Kontakte sowie meine Sicht auf das Leben und den Tod. Leben und Tod haben nichts miteinander zu tun, vielmehr ist in der Dualität, der Gegenpol zum Tod die Geburt. Das Leben hat keinen Gegenpol außer das „nicht leben" und genau das ist es was ich dir näher bringen möchte. Ich möchte dir gerne zeigen, dass die meisten Menschen ein „nicht leben" führen, gefangen in falschen Wertvorstellungen und Sichtweisen. Laut der Hermetik ist das Leben und das „nicht leben" nur ein Grad auf einer Skala das man ändern kann, sowie es auf einem Thermometer kein Punkt gibt, wo kalt oder warm anfängt oder aufhört. Es liegt also nur an dir selbst wie du dir dein Leben gestaltest. Willst du weiter Opfer sein, dich von der Gesellschaft unterdrücken lassen? Dir von deinem Partner sagen lassen, du bist blöd, du kannst das nicht. Ist es nicht Zeit, sich selbst zu erleben und sich mit der Inneren Kraft zu verbinden, die einem Hilft sich wiederzufinden und ein zufriedenes Leben zu führen?

ZEIT

Von Z bis T.
Also begrenzend.
So oder so ähnlich hört sich das an, wenn man sich in der
Philosophie, in der Lebenskunst der Buddhisten oder in der
Mystik wiederfindet.
Über die ersten…
Zeilen meines Buches nachdenkend, liege ich im Bett
meiner Teeny Tochter und halte Inne.

Es ist November 2021, die ersten Boten des Winters haben
sich angekündigt. Nebelig kalte Nächte gefolgt von kurzen,
wenn man Glück hat, sonnigen Tagen. Ideales Wetter um
sich mit einer Magen- Darmgrippe, den Start für ein neues
Leben herauszusuchen.
Gut riecht es im Zimmer meiner Tochter, eine Mischung aus
Teen Spirit und irgendwas von Aguilera.
Ich darf heute in ihrem Zimmer übernachten.
Meine Tochter die Letzte in der Infektionskette darf heute
bei ihrer Mama im Elterlichen Schlafzimmer schlafen.
Kinder brauchen ihre Mutter, wenn sie krank sind.
Gott sei Dank, denk ich so für mich, dann kann ich mich
wenigstens erholen. Egoistischer Selbstschutz. Diese Worte
fallen mir dabei ein. Mein Bewusstsein hat sich geändert.
Wo ich doch die meisten Jahre rational logisch gedacht und
gehandelt habe.

Jetzt sitze ich hier am frühen Morgen im April 2022. Viel ZEIT ist vergangen, von den ersten Worten in meinem leeren Buch bis zu diesen Zeilen.

Ich bin auf meinem neuen Weg des Lebens auf viel Neues gestoßen, neue Ansichten, neue Denkweisen, neue Ich Strukturen meines Seins. Ich… schon wieder Ich, bis ins Unendliche. Oder wie es die Gelehrten sagen „ad infinitum".

Mein spiritueller Weg ist schnell und ohne große Unterbrechungen verlaufen. Viele weise Worte habe ich gelesen oder gehört, die mir geholfen haben mich zu erkennen und zu verstehen. Die Worte im Bereich der Spiritualität sind andere als ich sie bisher benutzte. Einem streben nach materiellen Dingen wie es von den meisten Menschen gelebt wird, habe ich bis auf die notwendigsten Dinge reduziert.

Es ist ruhig in der Küche, in der ich sitze und dir schreibe. Aber außerhalb dieses Raumes ist es nicht ruhig.

Russland hat die Ukraine angegriffen und tötet Menschen, also seine und die Anderen. Ich sehe den Krieg so, warum töten Machthaber, Hochgestellte, Diktatoren oder einfach gesagt Egoisten nicht einfach die eigenen Menschen selbst, ohne in ein anderes Land einzufallen. Das bedeutet für mich Krieg.

Bin aufgewühlt und musste raus vor die Tür um meinem Laster, dem Rauchen nachzugehen. Eine Lerche hat mich begrüßt mit ihrem lieblichen Gesang. Ein Impuls oder wie manche sagen, ein Trigger. Die Natur der Dinge. Es liegt in der Natur der Dinge zu töten. Gestern erst, unweit von meinem Arbeitsplatz lag eine tote Taube auf einer frischen, frühlingshaften Rasenfläche. Der Hals der Taube war blutig, viele feine Daunenfedern waren auf dem frischen Grün verteilt. Sie konnte noch nicht lange tot sein, alles sah noch sehr frisch aus.

Mit meinem Kollegen habe ich versucht zu analysieren was passiert sein könnte. Wir haben einstimmig festgelegt, die Ursache muss ein Greifvogel gewesen sein. Also die Natur der Dinge. Es ist halt so.

Wenn ich aber in mich hineinfühle und diese Bild der getöteten Taube näher und tiefgründiger betrachte. Ein Bild wie es schöner nicht sein könnte, gemalt von der Hand Gottes, um mir und dir zu zeigen das diese Taube, die Friedenstaube symbolisch für unsere jetzige ZEIT, gestorben ist.

Dies befindet sich im kausalen Bereich in der einer Ursache eine Wirkung folgt. Meist sehen wir nur die Wirkung und interpretieren eine Ursache hinein, die von unserem Gehirn wiedergegeben wird.

Das Gehirn, von vielen Neurowissenschaftler untersuchte „Ding" in unserem Körper gleicht einem Supercomputer der alles was wir wahrnehmen speichert. Diese Wahrnehmungen verkettet und somit das Individuum ausmacht. So habe ich es verstanden auf meinem Weg des Erkennens und des Fühlens. Es ist ganz einfach von mir zusammengefasst. Wem dies nicht reicht, soll selbst googeln oder Bücher zu diesem Thema lesen.

Mir reicht diese einfache Erklärung, als ich mehr darüber gelesen habe ging mir das zu weit. Neuronen, chemische Reaktionen usw. Bestimmt für den einen oder anderen ein sehr interessanter Bereich oder Lebensweg. Dieser hätte mich aber von meinem Weg abgebracht.

Mein Weg ist der, den schon viele vor mir gegangen sind. Diese Menschen waren „Andersdenkend". Viele dieser andersdenkenden Menschen haben versucht durch ihre Worte und Taten die Welt zu einer Besseren zu machen. Wir leben und befinden uns in der Welt der Dualität. Alles hat zwei Seiten. Jede Wahrheit hat auch ihre Unwahrheit, jedes Gut hat sein Schlecht usw.

Wichtig für mich ist es dir meine klare Betrachtungsweise näher zu bringen. Die berühmten zwei Seiten der Münze, also Vorderseite und Rückseite sind für die meisten Menschen ausreichend, um den Wert der Münze zu bestimmen. Ich drehe jedoch die Münze auf den Rand und behaupte, dieser gibt den wahren oder auch realen Wert an. Die Verblendung des Wertes auf dem Aufdruck, die Prägung der Münze schwindet, wenn man diese auf den Rand dreht. Wieso? denkst du. Ein Euro ist doch ein Euro, auch wenn ich ihn auf die Seite drehe und betrachte? Ja du hast recht und auch unrecht. Die Dualität hat dich fest im Griff und lässt dich in dieser Täuschung.

Die Täuschung, die Verblendung wird in der indischen Philosophie auch Maya genannt. Maya ist immer aktiv, bis du anfängst zu Erkennen. Albert Einstein hat es auch erkannt und viele seiner Zitate, weisen auf genau diese Illusion hin.

Doch lass uns zurück zur Münze gehen und anhand dieses Beispiels, die Münze eingehend betrachten. Wir beginnen bei der Entstehung der Münze, also von Anfang an.

Es gab eine ZEIT in der Menschen anfingen mit Waren zu handeln, mit materiellen Dingen. Der eine hatte dies der

andere hatte das und so hat man die Waren getauscht. Jeder
Ware wurde ein Wert beigemessen, was ja auch logisch und
nachvollziehbar ist.

Mit der ZEIT wurden es aber immer mehr Waren und man
verlor denn Überblick.

Ein Brot waren 10 Kartoffeln oder fünf Eier, oder ein Stück
Fleisch…

Es musste für das Problem eine Lösung gefunden werden.
Die Geburtsstunde von Gold und Silbermünzen, denen man
einen Wert zusprach, einprägte. Jetzt konnte, von
Menschenhand geschaffene Ordnung funktionieren. Man
achtete aber tunlichst genau darauf, wie groß und schwer die
Münze war, die einem angeboten wurde für Waren, die man
dem Handel anbot.

So eine Münze wurde in der Einfachheit nur zur Seite
gedreht und eingehend betrachtet. War sie dick, hat man
zwei Brote bekommen, war sie dünn nur eins. Alles bis hier
ist logisch, nachvollziehbar und ohne Zweifel.

„Aber" das Wort benutze ich hier bewusst, denn alles vor
dem „Aber" ist nicht wichtig, und soll dir nur eine
Gedankenstütze liefern, um mein Erkennen besser zu
verstehen.

Die Menschheit hat diese Illusion geschaffen, um Ordnung
zu schaffen. Wir leben aber in einer Welt der Dualität also
Vorder- und Rückseite der Medaille. Auch hier wechsle ich
bewusst von Münze zu Medaille und werde es so
weiterführen. Ich möchte nicht Gefahr laufen, dass mein
Bänker dieses Buch liest und er mir eines Tages kein Geld
mehr von meinem Ersparten auszahlt, weil ich behaupte
alles ist nur eine Illusion.

Nun kehren wir zurück zur Medaille und der Ordnung, die geschaffen wurde, um den Handel zu bestimmen. Die Ordnung ist auch eine Unordnung. Das Gesetz der Dualität lässt es nicht anders zu. Die Unordnung in diesem Spiel ist, dass es zu dieser Illusion, die wir selbst geschaffen haben, sich neue Illusionen um diese gelegt haben. Vereinfacht im Medaillenbeispiel.

Die Illusionisten der Anfangs-ZEIT des Handels, waren Schurken, Gauner, Betrüger, die versucht haben, eine Eisenplatte mit Silber zu umhüllen und somit eine Illusion zu schaffen. Nichts anderes als die Illusion mit einer neuen Illusion zu verhüllen. Wie und was daraus entstand, sind Schutzmechanismen, die dies zu verhindern wissen. Oder doch nicht? Bedenke, wir leben in der Dualität, jede Wahrheit hat auch ihre Unwahrheit.

Wir packen Illusion um Illusion und schaffen daraus eine Realität.

So hält sich Maya fest verankert in unseren Köpfen. Hier solltest du kurz innehalten und die Pausen zwischen meinen Worten verstehen.

Pausen sind wichtig, sie geben erst denn Raum für Musik. Musik besteht aus Klängen und Pausen. Hörten wir nur einen Dauerton würden wir diesen nicht als Musik bezeichnen. Erst wenn wir den Ton verändern, entstehen Schwingungen die wir als Musik wahrnehmen. Hier wirkt das Gesetz der Schwingung. Und um den Schwingungen eine größere Ausdruckskraft zu verleihen, machen die Musiker Pausen zwischen den Lauten. Hier wirkt das Gesetz des Rhythmus. In den Rhythmus werden Gefühle, Emotionen eingebaut, die vom Künstler an den Hörenden, weitergegeben werden. Die Künstler schaffen eine Illusion, die über die Musik wirkt, bei einem mehr beim anderen weniger. Auch die Qualität der niedergebrachten Musik ist entscheidend.

Versteht es ein Musiker seine Gefühle in einem hohen Maße wieder-zugeben wird er von der Menschheit gefeiert. Er hat ein Meisterwerk geschaffen. Er hat sein Innerstes zum Ausdruck gebracht durch eine Illusion, die den Gesetzen von Schwingung und Rhythmus folgen.

Der Natur der Dinge.

Doch zurück zur Medaille. Einige Zeilen vorher habe ich behauptet, „Ich drehe jedoch die Münze auf den Rand und behaupte, dieser gibt den wahren oder auch realen Wert an". Wenn du dieses schon als Halbwahrheit erkannt hast, bist du schon sehr fortgeschritten und verstehst die Falschheit im Ausdruck. Du hast schon eine hohe Achtsamkeit entwickelt und gelernt zwischen den Worten zu lesen. Was habe ich getan? Ich habe behauptet, ich habe meine geprägte Meinung oder Erfahrung zum Ausdruck gebracht, die ich vor meinem Erkennen gelebt habe. Eine andere Wahrheit ist - Medaillen sind nur Dinge, die für andere Dinge eingetauscht werden. Du und ich, wir sind es, die dem Ding einen Wert zusprechen. Wir haben diesem Ding, also der Medaille so viel Wert oder besser gesagt Macht gegeben. Diese Macht lässt uns Glück empfinden, wenn wir es bekommen. Es lässt uns aber auch Ängste hervorrufen das wir es verlieren könnten. Und es lässt uns traurig sein, wenn wir es nicht bekommen. Ganz schön viele Gefühle die durch die Medaille, die nur eine Illusion eines Dinges ist, hervorgerufen werden. Siehst du welche Macht Maya, die Täuschung besitzt. Für mich erschreckend und befreiend zugleich.

Solche und noch viel tiefgründigere Erkenntnisse tun sich bei mir auf.

Was in mir passiert, fragst du dich? Lass mich dich auf „meinen Weg" mitnehmen. Ich sage dir, es ist mein Weg und muss nicht deiner sein. Mein Weg hat nicht erst bei meiner Geburt begonnen. Ich habe viele Inkarnationen durchlebt, die mich zu diesem Erkennen geführt haben. Bleiben wir in diesem Leben in meiner jetzigen Inkarnation. Denn nur im Hier und Jetzt kann man erwachen. Das Jetzt ist entscheidend. Das Erwachen passiert jetzt in dieser Sekunde, und jetzt, und…

Es ist ein andauernder Prozess, jede Sekunde nehme ich eine Veränderung in mir wahr, die mich zu einem neuen Menschen macht, solange ich nicht der Täuschung von Maya verfalle. Die Buddhisten sagen, Erwachen ist die Bereitschaft immer wieder zu sterben. Und das tue ich, ich lasse mein altes Leben los, um immer wieder neu geboren zu werden. Diese Veränderung meines Bewusstseins geschieht nur in der Achtsamkeit. Wenn mich Maya täuscht verfalle ich gerne in meine alten Verhaltensmuster. Ich gebe mich meinem EGO hin.

Diesem Ego das durch meine Erfahrungen, meine Gefühle meinem Denken entstand. Es ist aber nicht nur mein Ego, das ich selbst geprägt habe. Es wurde auch durch viele Sichtweisen anderer geprägt, durch das kollektive Ego und in erster Linie der Sichtweise meiner Eltern und meines Bruders. Diese drei Menschen, zu denen ich seit meiner ersten Begegnung hochgeschaut habe, um zu lernen.

Du erkennst hoffentlich die Gewichtung dieser Prägung. Kinder sind der Spiegel der Eltern. Um sich zu verstehen, besser gesagt, um Alles zu verstehen, sollte man sich zum Ursprung begeben und diesen eingehend betrachten.

Erwachen und Erkennen ist nicht immer schön, es ist nicht immer eine grüne Wiese mit vielen bunten Blumen auf der man erwacht. Dort gibt es auch viel Leid, Kummer und Sorgen. Ich hatte Glück, wenn wir auch ein einfaches Leben geführt haben, durfte ich eine glückliche Kindheit führen. Geprägt von der Liebe meiner Mutter und den Realitäten meines Vaters. Beide Einflüsse waren für meine Entwicklung von Wichtigkeit denn das eine geht ohne das andere nicht, die Dualität ist hier ein sehr wichtiges Instrument.

Jetzt werde ich bald 52 Jahre mit Prägungen der verschiedensten Arten. Nur mit den wichtigen Bausteinen für mein Leben, die ich von meinen Eltern erhalten habe, führte dies nicht zum Erwachen. Dies wurde durch meine Frau geweckt, die durch ihre Erfahrungen des Lebens nicht so viel Glück erfahren durfte. Sie ist, wie auch meine Mutter ein herzgeführter Mensch.

Durch mein Erkennen und mich verändernde Vorstellung, löse ich die Verbindung zu Beiden. Es ist nicht „meine Frau" auch nicht „meine Mutter". Mir gehört nichts, nicht einmal die Tochter, die von der Frau geboren wurde, die ich von ganzem Herzen Liebe.

Dieses Lösen von dem „Mein" ist ein wichtiger Aspekt denn ich begonnen habe um zu Erkennen. Löse und verbinde, die Schlüsselformel der Alchemie, ist hier die Kunst sich vom Vergänglichen zu lösen und in eine Verbindung mit dem höheren Selbst einzugehen.

Alles was geschaffen wurde ist vergänglich, das Leben ist von Geburt bis zum Tod vergänglich. Diese Vergänglichkeit sollte man nicht durch „Mein" in Anspruch nehmen, es wird viel Leid erzeugen, wenn es stirbt. Es ist nicht mein Leben das irgendwann durch den Tod meiner Mutter, meiner Frau oder eines geliebten Menschen beendet wird. Es ist nur der Verfall der Materie, Gesetz der Natur. Was nicht verfällt sind die innersten Werte des Menschen die mich und auch dich mitgeprägt haben, die dein EGO mitgestaltet haben. Und so tragen wir alle diese Informationen weiter von Generation zu Generation, ohne es bewusst wahrzunehmen.

Im tibetischen Buddhismus spricht man von Samsara. Einfach ausgedrückt der Kreislauf von Geburt, Leben und Tod. Ich bin kein Buddhologe obgleich ich viele meiner Erkenntnisse daraus hervorbringe.

Buddha, Jesus, Mohammed, Sokrates, Meister Eckhart, Kant, Goethe, Einstein, Platon, ich könnte noch weiter aufzählen und dieses Buch bis zum Ende und darüber hinaus „ad infinitum" füllen. All diese Andersdenkenden wollen nur eins, dich erwecken.

Ja ich habe viele der Zitate und Weisheiten studiert. Sie mir in meinen doch so falsch geprägten Sinn des Lebens, das durch mein Gehirn verursacht wurde eingehämmert. Mit jedem Hammerschlag der Weisheit habe ich es geschafft diesen Marmorklotz in meinem Gehirn zu einer liebevollen von blendender Schönheit erfüllten Skulptur zu formen. Ich nenne sie liebevoll Viola, meine Muse, die mich antrieb, dieses Buch zu schreiben. So habe ich wie ein Bildhauer aus einem Marmorklotz etwas Schönes anmutiges geschaffen und schaffe es immer noch. Rein mental, ohne auch nur einen Hammer in die Hand zu nehmen. Anstrengungslos ist hier der Schlüssel der Weisheit.

Anstrengungslos ist es nicht nur im mentalen Bereich auch in meinem Tun und Handeln finde ich immer mehr Leichtigkeit. Dinge, die ich früher nur mit Mühen vollbracht habe, gehen mir heute leichter von der Hand. Es ist meine Einsicht in Achtsamkeit, die mir hilft, mein Ego, meine falsch geprägten Verbindungen zu lösen und somit mehr Harmonie, Glück und Zufriedenheit zu schaffen. Auch hier gebe ich dir ein Beispiel des Erkennens.

Da wir eine relativ große Familie sind, häufen sich Geburtstage zu bestimmten ZEITen, auch hier wirkt das Gesetz der Natur im Rhythmus. Bei den ganzen Geburtstagsvorbereitungen durchleben wir jedes Mal eine kleine Geburt. Viel Anspannung wird aufgebaut bis das ganze Szenario von Luftschlangen, Kuchen, und Unterhaltung ein befriedigtes Ende findet. In dieser ganzen ZEIT findet man kaum Ruhe, um sich seines selbst bewusst zu sein. Viele Ablenkungen passieren im Außen und lassen uns in dem Kollektiv der Geburtstagsgesellschaft mitschwingen. Gespräche, Blicke, Empfindungen der unterschiedlichsten Art prasseln auf uns ein.

Viele der Energien vermischen sich zu was neuem Ganzen und bestimmen die Atmosphäre der Feier. In diesem Dunst aus unterschiedlichen Meinungen und Erfahrungen ist es für viele einfach sich treiben zu lassen und sich den Einflüssen hinzugeben. In solchen Momenten im Leben versuche ich aber immer wieder auszubrechen und mich nicht in die Interaktion einzubinden, so auch bei dieser Geburtstagsfeier. Während die Gäste wohl bewirtet wurden und sie sich den zwischenmenschlichen Gesprächen widmeten, konnte ich mich zurückziehen und so zum stillen Beobachter werden. In dieser Haltung bekommt man mehr mit als wenn man sich nur einem Thema, einer Interaktion widmet. Ich konnte gleich ZEITig die Gespräche von mehreren Unterhaltungen folgen. Ich widmete mich in dieser ZEIT der meditativen Tätigkeit und spülte Teller von Hand, weil die Spülmaschine und die Teller an ihre Kapazitätsgrenze gelangt sind. Wie gesagt wir sind eine relativ große Familie. Während ich so am Spülbecken stand, kamen mir die unterschiedlichsten Gedanken. Sehen mich jetzt die anderen männlichen Gäste als Waschlappen, weil ich denn Abwasch machte? Diese und viele falsch geprägten Denkweisen sind der Ursprung des Übels, des Leides in den Familien, Partnerschaften und Gesellschaften. Ich aber als Waschlappen sage, dass genau solche Waschlappen Aktionen wichtig sind, um die Welt zu einer besseren zu machen. Wir sollten merken das wir das Ruder auch bewegen können und es nicht starr ist und immer nur den gleichen Weg gehen müssen. Denn wenn du merkst das dein Ruder auf Backbord steht und auf diesem Weg ein Eisberg erscheint, du doch tunlichst das Steuer auf Steuerbord stellen solltest, um nicht mit dem Eisberg zu kollidieren. Wir Menschen aber bauen Schiffe mit den falschen Erfahrungen aus der Vergangenheit und glauben das wir unser EGO-Schiff durch den Eisberg steuern können. Dieser Eisberg ist aber tiefgründiger als es der falsch geprägte Mensch erfassen kann. Wir zerschellen immer und immer wieder, weil wir verlernt haben tiefgründiger zu sein. Leonardo DiCaprio wird es uns bestätigen.

Zurück zum Spülbecken, wo ich als Waschlappen den Dienst zum Wohle der Menschheit vollbringe. Während ich so dastand und Teller für Teller abspülte, bemerke ich das meine Anspannung, die aufgebaut wurde, verschwand. Die

Gäste um mich waren in ihre Diskussionen, Gespräche und Gelächter vertieft und ich wurde für sie unsichtbar. Das Spülbecken und ich gingen in Verbindung und daraus entstand ein meditatives Tun. Mein Gehörsinn wurde geschärft meine visuellen Reize wurden reduziert und ich musste meine gedanklichen Hirnstrukturen kaum benutzen. In diesem Rückzug konnte ich wie gesagt viel mehr mitbekommen als in der Interaktion mit den Gästen. Es ist dieser Rückzug, der in der Meditation wirkt. Man zieht sich von Außen nach Innen und geht in sich. Das Sehbewusstsein, das Denken wird reduziert und man ist nur noch Beobachter des Geschehens ohne Bewertung. Plötzlich riss man mich aus meiner Meditation. Der Tante meiner Frau ist aufgefallen, dass ich am Spülbecken stehe und meinen Dienst an der Menschheit vollbringe. Es war jetzt keine tiefe transzendentale Meditation, in der ich mich befand, doch ich befand mich in mir und konnte dadurch Kraft schöpfen durch Ruhe in dieser unruhigen Umgebung. Ich weiß nicht, wie sie zur Waschlappen-Thematik steht, aber sie interessierte sich auf jedem Fall für meinen Standpunkt. Ein Schwager hatte sich erst kürzlich darüber lustig gemacht, dass ihr Schwiegersohn auch ein Waschlappen in die Hand nahm, um den Hausfrieden zu wahren.
Da fragte sie mich, ob ich kein Problem hätte wenn sich mein Schwager auch über mich lustig machen würde.
Ich sagte ihr nur, ich habe zwei gesunde Hände und kann dadurch auch abspülen. Hätte ich keine gesunden Hände, oder meine Arme wären abgetrennt, erst dann hätte ich ein Problem.

Sichtlich irritiert von meiner Antwort erwiderte sie darauf nichts. Ich ließ mich nicht darauf ein mit ihr in einen diskursiven Gedankenaustausch zu gehen, in dem wir denn falschen Gedankengang meines Schwagers analysierten. Hätte ich mich darauf eingelassen, wäre das Problem auf der niederen Ebene geblieben und wir hätten nichts gefunden was uns gänzlich befriedigt. Dadurch das ich ihr aber ein wahres, höheres Problem aufzeigte, wurden es der Worte wenige. Ganz nach dem Gesetz der Hermetik, sich über den niederen Plan zu erheben und dem eines höheren zu folgen. Es sind diese niederen Pläne, Denkstrukturen in der sich die Menschheit gerne aufhält, Probleme sucht, findet und sich damit identifiziert. Sie schaffen aber Leid, viel Gerede um niedere Probleme, die sie so nicht lösen können. Erst wenn man aus einem Problem ein echtes physisches macht in seiner mentalen Kraft, kann man das niedere mentale Problem eliminieren.

Mentale Pläne sind es, aus was wir erschaffen wurden, denn gehen wir bis zum Ursprung, kann es nur ein mentaler Plan gewesen sein. Ein Plan, der von Gott ausging, der den Menschen und alles Materielle erschaffen hat. Auch die Queen von England stammt aus seiner mentalen Schöpferkraft.

„God save the Queen, and only he can judge her " und das wird er. So wie über die Queen wird er über jeden richten, denn für ihn sind wir alle gleich. Wir entstehen aus seiner Schöpfung und tragen das Göttliche in uns. Sind wir deshalb Gott? Nein wir sind nur aus seiner mentalen Vorstellung entstanden. So wie ein Architekt ein Haus aus seiner Vorstellung erschafft.

Viele Bauarbeiter machen daraus ein materielles Haus. Mal gut, mal nicht so gut, je nach Qualität der Achtsamkeit. Sind diese Bauarbeiter, der Architekt des Hauses, wohl kaum. Sie folgen der mentalen Vorstellung des Architekten die er ihnen als Baupläne in die Hand gedrückt hat. So wie Gott möchte auch der Architekt, dass sein mental geschaffenes Werk vollkommen wird. Unsere Pläne von Gott dürften uns ausreichend bekannt sein, ich meine aber nicht nur die niedergeschriebenen Pläne, die uns von Glaubensgemeinschaften auferlegt werden.

Der Architekt hat bei der Übergabe der Baupläne die Bauarbeiter beauftragt sich zu melden, falls sie Probleme bekommen würden bei der Umsetzung seines Werkes.

„Ja" Herr Architekt wir melden uns, sagen die Arbeiter. Aber warum tun sie das nicht? Da wird verlegt, verspachtelt, getrickst und mit viel Farbe übermalt, um dem Architekten die Vorstellung eines vollkommenen Hauses zu offenbaren. Deshalb halte ich an keiner Offenbarung-Religion fest. Denn was die Bauarbeiter nicht wissen, der Architekt ist auch Gutachter für Baumängel und wird die Offenbarung des Hauses offenbaren.

Ich kann Dir hier auch eine kleine Pause empfehlen, um zu betrachten „was ist".

Mehr möchte ich über Religion im Moment nichts sagen. Mein Weg bezieht sich auf Lehren, Weisheiten und tiefe Einsicht in die Dinge wie sie sind.

Die Lehren des Buddha, die Lehren Jesu, die Weisheiten der Propheten, Philosophen und das Wissen um das Wissen selbst, sind mein Antrieb, der meinen Körper mit sehr wenig Schlaf auskommen lässt. Nun sitze ich schon seit halb zwei morgens am Küchentisch und schreibe dir meine

Offenbarung. Müdigkeit scheint meinem Körper fremd zu sein, mein innerer Antrieb, meine aus dem Marmorklotz gehauene Muse Viola, die meine Hand führt und die all durchdringende Kraft Gottes lassen mich hellwach sein. Anstrengungslos und ohne Mühe.

Mein Laster das Rauchen hat mich vor die Tür geführt. Eine Pause, die ich meinem Ego gegönnt habe, von allen göttlichen Worten, die ich Dir in diesem Buch schreibe. Dir, mir schreibe ich, die Worte, die ich auf meiner Suche der Erkenntnis vergebens im Außen gesucht habe. Mein Weg hat mit einem großen Wissensdurst begonnen, ein Durst wie es der Mensch verspürt, wenn er durch die Wüste läuft auf der Suche nach einer Oase. Worte sind zu mir gekommen die aber meinen Durst nicht stillen konnten. Die Oasen, die sich mir zeigten, waren doch nur Fata Morganas, Wunschgebilde, Täuschungen meines Selbst.

So wie Buddha seine Schüler anwies, seine Lehren zu verwerfen, wenn sie das andere Ufer erreichten. So will auch ich dir sagen, wenn du für dich erkannt hast, lege mein Buch zur Seite, verschenke es und schreibe das Buch eines Ichs. So verfällst du nicht in den Aberglauben, du seist was Besseres oder eines Buddha gleich. Das einzige was mich mit Buddha gleich macht, ist das Siddhartha Gautama auch unter dem Zeichen des Vollmondes geboren wurde. Hier möchte ich dir Siddhartha von Hermann Hesse wärmstens empfehlen, um eventuell deinen Wissensdurst zu stillen. Es ist dieser Durst der Forscher, der Ingenieure, der eigentlich alle Menschen antreibt, Dinge zu durchleuchten, zu verstehen zu erfahren was dahintersteckt. Es ist der Durst den ich auch noch spüre, lege ich ihn komplett ab, sage ich dir, dass mich mit Siddhartha nicht einmal die Geburt im

Zeichen des Vollmondes verbindet, sondern nur die Geburt und nicht einmal diese, sondern alles was mich mit ihm verbindet.

Pause?

Nimm dir alle Pausen, die du brauchst, um nicht mich zu verstehen, sondern dich.

Meine Tochter ist es, die mich immer wieder aus den Tiefen Verstrickungen des Erkennens herausholt, sie verdreht gerne die Augen, wenn ich sie mit diesen abstrakten und nicht immer erklärbaren Aussagen konfrontiere. Es sind diese Axiome oder Maxime, die keine Erklärung benötigen, mich aber vom weltlichen Entfernen. Sie ist es auch die mich immer wieder in das Weltliche zurückholt, im Hier und Jetzt zu sein. Es ist die Essenz des Ganzen, im Hier und Jetzt zu sein. Nicht in der Vergangenheit und auch nicht in der Zukunft zu leben, sondern genau jetzt. Nicht nur im göttlichen „Oben" sondern sich auch im weltlichen „Unten" aufzuhalten. Würden wir alle erleuchtet und verstünden alles, fände kein Leben mehr statt. Alle unsere Emotionen, Gefühle der Verliebtheit, sich dem Gefühl des Helfens hinzugeben ohne Erwartung, diese besonderen Auswirkungen von Gefühlen, die wir in uns tragen und spüren, wenn wir was Schönes liebliches Fühlen. Wir könnten manchmal schreien, weil wir diesem inneren Gefühl nicht standhalten können. Auch Tränen des Glücks kullern uns über die Wangen, wenn wir fast am Platzen sind. Erleichterung macht sich breit und wir sind wie nicht von dieser Welt der Ordnung. Was wir aber nicht wollen, sind die Gefühle der Trauer, wenn wir was verlieren, was uns lieb und wertvoll ist. Wenn wir mit einem Menschen streiten und dieser uns verletzt (nur verbal), laufen wir mit unseren

Tränen auf den Wangen davon, wie nicht von dieser Welt.
Erleichterung schaffen die Tränen, wie die Tränen des
Glücks.
Findest du schon denn Zugang? Kein Problem, gib Dir ZEIT
und habe Geduld mit Dir, ich mach mal weiter.
Beide, Tränen des Glücks wie auch die Tränen der Trauer
rühren vom gleichen Ursprung, diesem „Gefühl" in dir das
dich einmal traurig einmal fröhlich erscheinen lässt. Die
Prägung machen wir selbst, in unserem Gehirn unseren
Gedanken. Fühl tief in dich und versuche den Unterschied
ohne eine Hirnbewertung zuzulassen. Du wirst keinen
Unterschied finden, weil es im Ursprung das Gleiche ist.
Das Gefühl ist in seiner Art und Weise das Gleiche, die
Regung der Innerste Kern des Gefühls ist gleich.
Kleines Beispiel, vergleiche deine erste Verliebtheit mit den
Schmetterlingen im Bauch die dich nicht haben schlafen
lassen, dich nicht haben essen lassen und gefühlt eine
Ewigkeit dauerten, bis du das Objekt deiner Verliebtheit
wiedersehen konntest. So vergleiche hier, die erste
Trennung, von einem geliebten Objekt, das dich nicht hat,
schlafen und essen lassen. Bis die ewige ZEIT die Wunden
heilte, mit der Aussage, ich werde mich nie mehr verlieben.
Beide Gefühle fanden in deinem Bauch statt, die
Schmetterlinge der Verliebtheit haben sich in Wespen bei
der Trennung verwandelt. Beide fliegen in deinem Bauch
nur mit unterschiedlicher Bedeutung und Bewertung.
Bei der zweiten, dritten Verliebtheit wird das Maß des
Gefühls schwächer und schwächer auch das Maß des
Gefühls bei der Trennung wird schwächer und schwächer.
Mit zunehmender Taktung, in der dieses Gefühl gelebt wird,
verstummt es immer mehr, bis es stirbt. Die Folge wir

werden gefühlskalt, wir lassen von der Liebe ab und suchen das Gefühl im Außen, in anderen Dingen. Verbindungen zu materiellen Dingen, Extremerlebnissen wie Motorradfahren, Autofahren, Einkaufen, Bungeespringen, Fallschirmspringen usw. Es ist grenzenlos was wir uns einfallen lassen um dieses Gefühl, das wir bewusst unterdrückt haben, wiederzufinden.

Den Ursprung der bewussten Unterdrückung dieses Gefühls habe ich dir schon genannt. Der Ursprung des ganzen sind wir selbst, nicht der erste Partner, die erste Liebesbeziehung, die uns verletzte. Alle diese äußeren Einflüsse prasseln täglich auf uns ein, wir fangen an diese zu bewerten. Entscheidend liegt der Ursprung in der Aussage „ich werde mich nie mehr verlieben". Diese Prägung ist entscheidend und bestimmt dein zukünftiges Verhalten, ohne dass du es bewusst wahrnimmst. Dein Abspeichern im Unterbewusstsein hat eine große Macht. Was beim ersten Lesen dieser Worte geschah, du bist in die Vergangenheit gereist und hast dich heulend in deinem Zimmer gesehen. Eventuell hat es auch eine Gefühlsregung verursacht. Ein Lächeln, ein Schmunzeln, wenn es lange in der Vergangenheit liegt. Mit Gedanken in deinem Kopf, ach wie töricht ich doch war als ich mich das erste Mal verliebte. Es ist aber genau diese Konditionierung unseres Gehirns, die in unserem Leben sehr viel Leid schaffen wird. Um dieses Gefühl zu erfahren, setzen wir uns auf das Motorrad und fahren immer schneller, legen uns immer tiefer in die Kurve bis an die extremsten physikalischen Grenzen. Leider auch darüber hinaus, was in Folge Leiden schafft. Dieses Motorradfahren ist auf alle Lebensumstände anwendbar.

Versuche dich wiederzufinden in deinem Leben, was für
Extreme du anwendest, um das „Gefühl" in dir zu wecken.
Ich will dir auch sagen, diese Worte, die ich dir schreibe,
sind nur Halbwahrheiten, weil ich auch von meiner
Konditionierung diese Worte wiedergebe. Die Worte, die
sich in dir auftun, kommen der Wahrheit schon näher als ich
das mit meinen Worten überhaupt ausdrücken kann. Ich will
dir nur helfen dich auf einen anderen Weg zu begleiten.
Deinem Weg auf dem du der Wahrheit immer näher rückst.
Jeder Topf findet seinen Deckel, oder nicht im Idealfall den
Deckel, der am besten zu ihm passt. So könnten sich zwei
Menschen treffen, die in der gleichen Weise eine große
Liebe fürs Motorradfahren entwickelt haben. Sie gehen auf
in der Liebe des Motorradfahren. Jetzt haben diese
Gegensätze Mann und Frau und Frau und Mann (um auch
gleichgeschlechtliche Partnerschaften anzusprechen)
unterschiedliche andere Vorlieben die von der gemeinsamen
großen Liebe, des Motorradfahrens, abweichen. Sie geht
lieber zum Fitnessstudio, um beim Sport die körperliche
Formung voranzutreiben, die einem kollektiven
Schönheitsideal entspricht. Er hingegen geht lieber zum
Bogenschießen und folgt seinem inneren Drang sich zu
vergleichen im Wettkampf mit seinen Kontrahenten. Ich
habe beim Mann jetzt nicht Fußball genommen, das wäre zu
einfach und soll dir nur zeigen, das alles vielfältiger ist, als
irgendwelchen Klischees zu entsprechen. Beide leben den
Vergleich in ihren Vorlieben unabhängig von dem anderen
Partner. Sie vergleicht ihren Hüftumfang mit den anderen
Fitnessstudio Besucherinnen. Er vergleicht seine
Zielsicherheit mit der Zielsicherheit anderer. Sie schwingen
gleich, beide lieben das gemeinsame Motorradfahren von

ganzem Herzen und jeder liebt unabhängig von dem Partner
die Affinität zu einer anderen Tätigkeit. Schöne
Partnerschaft wie sie leider zu Hauf gelebt wird. Die
Wahrheit hinter diesem Szenario liegt noch viel tiefer als du
es eventuell schon erahnst.

Diese schöne Partnerschaft ist so lange schön, bis es in
dieser Partnerschaft zu Unstimmigkeiten kommt und sie
weniger ZEIT der Liebe für das Motorradfahren teilen. Jeder
geht mehr in die anderen Vorlieben und sucht Bestätigung in
der Fitness oder beim Bogenschießen. Das Motorradfahren
verliert seinen Wert der Liebe zu dem Partner. Die Liebe in
die anderen Vorlieben wächst und wächst. Das
Auseinanderdriften hat begonnen und man findet immer
mehr Bestätigung in den anderen Vorlieben. Der Takt mit
den Beschäftigungen der Vorlieben wächst und die ZEIT der
gemeinsamen Motorradfahrten schwindet. Auch die
Probleme, die unterschiedlichen Ansichten wachsen. Streit
folgt dem Gesetz der Natur. In diesem unzufriedenen
Zustand treffen unsere lieben Motorradfahrer auf andere
Menschen. Die Frau lernt bei der körperlichen Ertüchtigung
einen Mann kennen, der die gleiche Vorliebe teilt. Ein
Adonis sondergleichen, der eine Hüfte hat das man
dahinschmelzen könnte. Er fährt zwar kein Motorrad, aber
seine Hüfte ist ihr neues Begehren.

Ebenso wie die Frau trifft auch der Mann beim
Bogenschießen auf eine Frau, die immer ins Schwarze trifft.
Tief beeindruckt fühlt er sich zu ihr hingezogen. Es kommt,
wie du schon erkennst, zur Trennung. Beide Motorradfahrer
gehen neue Wege, der eine im Fitness-Wahn der andere im
Treffsicherheits-Wahn. sie schwingen sich auf ihre neuen

Partner ein und führen ein glückliches Leben bis an ihr
Lebensende.

So mein Buch ist hier zu Ende. Du hast jetzt verstanden,
worum es geht. Wenn ich unglücklich bin, trenne ich mich
und finde einen Partner der besser zu mir passt und lebe
glücklich bis an mein Lebensende. Warum aber dieses Buch
noch so viele Seiten hat, zeigt dir das es nicht so ist, wie es
scheint. Ich will dir auch keine Märchen erzählen, ich
möchte dich anregen tiefer zu schauen, zu verstehen.
Klarheit ist meine Bestimmung, die ich von der göttlichen
Kraft erhalten habe. Klarheit in dem Gewirr von Gedanken
die uns Menschen leiten. Zurück zum Märchen im Spiel des
Lebens. Die Motorradfahrer haben ihr Gefühl im materiellen
Motorradfahren gelebt, das genau das gleiche ist, wie
verliebt sein. Ein Motorrad festigt aber nicht die Liebe, es ist
nur ein materielles Ding, das deine Liebe nicht erwidert. Es
ist vergänglich wie alles Materielle. Geht das Motorrad
kaputt sind wir traurig, ebenso wie wir Trauer verspüren,
wenn wir von einem Partner verlassen werden. Das Gefühl
ist das gleiche. Nach der Trauer gehen wir los und kaufen
uns ein Neues Motorrad, wir könnten aber auch das alte
reparieren. Aber der erste Ausfall des Motorrads kommt
einer Verletzung gleich in der Liebesbeziehung zu dem
Motorrad. Woran wir festhalten, ist vergänglich und wir
suchen die Erfüllung des Gefühls in einer anderen Art von
Motorrad. Aus der Straßenmaschine wird einer Enduro, mit
der ich durchs Gelände fahren kann, über unwegsames
Gelände. Den Spaß den wir in den Kurvenlagen mit der
Straßenmaschine erlebten ist weg. Physikalisch nicht
machbar. So ist es auch in den neuen Beziehungen der
Motorradfahrer. Sie kommen auch an gewisse Grenzen in

den neuen Beziehungen, die hier aber nicht nur
physikalischer Natur, sondern auch psychischer Art sind.
Wir sind aber bestrebt Lösungen zu finden, unser Antrieb
aus allem das Beste herauszuholen. So entstand ein
Motorrad, das beides kann, sich mehr in die Kurven zu
legen und sich in unwegsamen Gelände zu bewegen. Die
Vermischung, die charakteristische Eigenschaft des
Mischmotorrads bringt uns in eine akzeptable Empfindung.
Ebenso finden wir akzeptable Beziehungen in unserem
Leben. Auch hier ist das Märchen noch lange nicht zu Ende,
wir kennen die Grenzerfahrungen der Straßenmaschine und
der Enduromaschine. Das ist es was wir versuchen in
unseren Partner zu verbessern, wir kommen aber hier an die
physischen und psychischen Grenzen. Dieser Versuch aus
den charakteristischen Eigenschaften das unmögliche
herauszuholen, führt zu einem hohen Verschleiß des
Individuums.

Und weiter suchen die Menschen die Erfüllung im Außen,
ohne einen Blick in ihr eigenes Inneres zu wagen. Es ist aber
genau diese Innenschau, die sich bei mir auftat, die mir half,
viele meiner falschen Sichtweisen zu erkennen. Schmerz,
Kummer und Leid dringen von Außen in uns, denn die
meisten Menschen leben im Außen. Folglich kann das Leid
nur von Außen kommen. Es ist aber die Innenschau mit
einem hohen Maß an Achtsamkeit, die es Dir leichter macht
mit diesem Schmerz umzugehen. Du fängst an die Dinge
anders zu betrachten, und verfällst nicht mehr so schnell in
irgend eine Opferrolle.

Durch die Achtsamkeit und das tiefe Verständnis erkennst du
deine Verhaltensmuster auch deine Fehler, die du begehst,
hier solltest du anfangen zu verzeihen. Verzeihe nicht nur

dem Ex Partner für das Leid, das von diesem ausging, sondern auch dir zu verzeihen für all die falschen Sichtweisen und schlechten Gedanken, die du in dir abgelegt hast.

Es ist wichtig zu verzeihen, damit löst du die Anhaftungen der Vergangenheit, die Prägung, die dich immer und immer wieder vergleichen lässt. Viele dieser Anhaftungen wirken in deinem denkenden Kopf unbewusst und folgen dem Programm, das du ihm einprogrammiert hast. Denke hier daran…Ich werde mich nie mehr verlieben", und löse diesen Gedanken, diese Prägung, indem du dir die Chance gibst, dich immer und immer wieder neu verlieben zu können. Die hohe Kunst besteht darin, es immer wieder zu tun in dem Menschen den du liebst und es nicht in einem „Neuen" zu suchen.

Reset der Gedanken, der Verkettungen kann auch schlagartig durch einen Sturz oder einem Unfall passieren, das Problem ist aber, das die ganze Festplatte, also das Gehirn ein Reboot benötigt. Alles wurde in den Erinnerungen gelöscht, auch die schönen Erfahrungen, auch die Motorik des Körpers muss teilweise oder im schlimmsten Fall wieder ganz erlernt werden.

Bevor wir uns also auf den Kopf werfen, lass uns doch unsere eigenen Erfahrungen ohne Ego-Bewusstsein reflektieren und ein schlechtes Erlebnis nach dem anderen auflösen durch Verzeihen. Wie ein Antiviren- Programm, das die Festplatte durchstöbert und die Schadstellen ausbessert.

Diese Antivirenprogramme laufen auf deinem Computer auch in Intervallen, sind oft lästig und gerade, wenn man keine ZEIT hat, will das Programm starten. Genau diese

ZEIT solltest du auch deinem Gehirn widmen und in
Intervallen deine eigene Festplatte durchstöbern. Komm
aber nicht in Versuchung den, -nicht jetzt Button- zu
drücken, wie am Computer oder das Intervall hochzusetzen,
nur aus Bequemlichkeit oder weil es gerade nicht passt.
Es ist immer das Jetzt und hier das man pflegen sollte, wir
Menschen ticken aber leider so, dass wir erst tätig werden,
wenn der Computer infiziert, langsam wird oder nichts mehr
geht. Der Computer hat Mühe durch die lange Belastung zu
seiner gewohnten Performance zu kommen, und wenn
nichts mehr geht, schafft es vielleicht ein Computerdoktor
ihn noch mit 50% seiner ursprünglichen Leistung laufen zu
lassen. Wir kaufen uns ein neuen Computer, weil wir
unzufrieden sind. Unser Gehirn können wir aber nicht
austauschen, deshalb sollten wir dieses pflegen. Sich immer
wieder zu reflektieren, wo kam was von Außen das in uns
ein schlechtes Gefühl ausgelöst hat. Du bist deine
persönliche Firewall, die erkennt, wenn ein Virus in dein
System eindringen möchte oder eingedrungen ist. Nimm dir
die ZEIT und durchleuchte die Situation und löse diese auf.
Schmeiß auch mal ein Programm von der Festplatte das du
vor langer ZEIT mal benutzt hast und nicht mehr brauchst,
dadurch erhöhst du deine Performance und du bist wieder
leistungsfähiger. Viele Prägungen aus unserer Vergangenheit
lassen uns nicht wirklich frei sein. Wir folgen alten
Verhaltensmuster nur aus Bequemlichkeit. Diese
Bequemlichkeit lässt aber unserem Sein, keine, oder kaum
neue Erfahrungen machen, die für ein erfülltes Leben
wichtig sind.
Gemein sind diese Art von Viren, die weder von der
Firewall noch von dem Antivirenprogramm erkannt werden.

Die Macher solcher Viren haben verstanden, wie sie die Schutzeinrichtungen umgehen können, sie sind die größte Gefahr für dein System. Dein Computer ist nicht mehr unter deiner Kontrolle, er gehorcht nur noch den Machern des Virus.

Du bekommst das alles gar nicht mit. In deinen Gedanken des Gehirns, läuft alles so, wie es von der Werbeindustrie, der Politik und der Wirtschaft gewollt ist. Du folgst Programmen, die dir eingepflanzt wurden, um dich so sein zu lassen, wie du eigentlich nicht bist. Ich möchte dir ein Beispiel geben, in einem Experiment, in dem man während eines Films eine kurze Einblendung von einem Hamburger gemacht hat, wurde eine Programmierung im Gehirn vorgenommen. Es wurde von den Menschen nicht bewusst wahrgenommen, da diese Einblendung in Millisekunden Bereich stattgefunden hat. Aber das Gehirn hat dies registriert und viele Menschen hatten nach dem Ansehen des Films Lust auf einen Hamburger. Eine unterbewusste Programmierung hatte stattgefunden. Wenn ich bedenke, was wir sonst noch so unterbewusst in uns programmieren lassen, wird mir übel. Wenn ich sehe wie unsere Kinder mit den Smartphones, den Computerspielen, mit den falschen Werten in den Schulen programmiert werden, wundert mich es nicht das die Welt so ist, wie sie ist.

Es sind die Kinder, die unsere Welt zu einer besseren machen können. Ich, der die 50 überschritten habe, weiß in Anbetracht der Prägung, die man im Leben erfährt, sich nur sehr langsam von diesen wieder lösen kann. Die Platte im Hirn wurde mit vielen Eindrücken, Emotion und Erfahrungen gefüllt. Manchen wird es noch vor dem Tod gelingen, manche erst im ZEIT- Punkt des Todes und

manchen erst im nächsten Leben, sich von den falschen
Prägungen zu lösen.

Deshalb sind Unsere Kinder das Wichtigste, das wir pflegen
sollten mit guten Werten, damit sie das Spiel des Lebens
verstehen lernen und es richtig spielen. Unsere Kinder haben
noch nicht so viel Müll in Ihren Köpfen!

Wir aber drücken ihnen Smartphones in die Hand, verbieten
ihnen aber zu lange mit dem Smartphone zu spielen. Umso
früher, umso besser, weil wir Angst haben, die Kinder gehen
verloren oder werden entführt, oder ein Drache kommt und
nimmt mein Kind mit. Der Phantasie warum ein Kind schon
mit 10 Jahren, 8 oder 7… wo soll ich deiner Phantasie die
Grenze setzen? Wir drücken also unseren Kindern,
Smartphones in die Hände und verbieten Diese
gleichZEITig. Paradox, oder was denkst du?

Es kommt noch besser, wir leben ihnen vor, durch unser
ständiges, aufs Smartphone schauen, was sie wohl
Aufregendes verpassen, wenn sie das nicht tun, aber sie
dürfen ja nicht. Paradox ist wohl leicht untertrieben. Und
wenn uns unsere Kinder fragen, warum wir, während der
FamilienZEIT, die meiste ZEIT am Smartphone verbringen,
wird unserer Phantasie keine Grenzen gesetzt.

Merkst du wie falsch sich das Ganze anfühlt? Die Welt,
besteht nicht nur aus schönen bunten Apps auf deinem
Handy. Es ist doch ZEIT mal auf einen anderen Pfad zu
wandeln, oder denkst du der Weg den wir gehen bringt
Erlösung, oder uns irgendwohin?

Erlösung bringt mir mein Weg, meine Einsicht der Dinge
wie sie sind. Es ist ein Weg ohne Verzicht, ohne Mühen,
ohne Angst. Er fühlt sich gut an ohne Gier, Hass und ohne
Zweifel. Auch du trägst dieses Potenzial in dir, sei nur mutig

und tritt hinein in die Welt deiner Spiritualität. Du kannst nur gewinnen, oder denkst du, dass du was gewinnst, wenn du weiter auf dein Smartphone stierst?

Ach so „Happy Birthday „too me. Es ist Einuhrzehn- am 21.04.2022, ich bin 52 Jahre alt. Konnte nicht schlafen, schreibe lieber dir, diese Zeilen, ohne Mühen oder Anstrengung. Ich weiß, dass mein Schreiben nicht jeden erreichen wird. Die Menschheit ist auf dem besten Weg sich verdummen zu lassen. Alles was von Außen auf sie einprasselt, führt unweigerlich zu Leid. Aber dich scheine ich erreicht zu haben, du liest noch und bist neugierig auf mehr.

Ich bin froh, dann habe ich mit meinem kleinen Licht, deines entfacht. Nähre es mit guten Taten, guten Gedanken, guten Worten und natürlich mit ganz viel Liebe, der stärksten Macht auf Erden.

Ich will Dir noch mehr Einsichten vermitteln, durch einfache verständliche Worte, deshalb schwenke ich wieder zum Computerbeispiel.

Der Weg zur Pflege deiner Festplatte ist die tägliche Meditation, in der du zur Ruhe kommen sollst, deine heiß gelaufenen Micro-chips abkühlen lässt, um die Erfahrungen des Alltags besser und klarer zu sehen. Mach keine Meditation nur um anderen zu gefallen, um deinen Körper und Muskeln bei irgendwelchen schweren Übungspraktiken zu drangsalieren. Widme die ZEIT nur dir und versuche die Außenwelt abzustellen, deine Gedanken zu erkennen, wo du vielleicht falsch gedacht hast. Die Meditation braucht keinen Rahmen oder irgendwelche Vorgaben, es muss auch nichts kosten. Es können täglich auch nur 20 Minuten sein, die du dir schenkst. Du bist es Dir wert, diese 20 Minuten von den 24h zu entnehmen. Nicht einmal dein Gehirn sollte in dieser ZEIT was tun, und das ist das größte Problem, das du in der Anfangs-ZEIT haben wirst. Nutze eine ZEIT für deine Übungspraxis, wo du wenig äußere Reize erfährst, in der du auch gerne mal den Fernseher, dein Smartphone oder deine Computer nur sehr wenig benutzt. Nehme Urlaub, eine kleine Aus-ZEIT und du wirst sehen, es hilft dir manche alten Probleme besser zu verstehen. Lade dir in der Anfangs-ZEIT keine neuen Probleme auf, du hast genügend auf die du zurückgreifen kannst. Ich liege am liebsten auf der Behandlungsliege meiner Frau. Sie ist einfach nur flach ohne Komfort. Dadurch richtet sich mein Körper aus, der vom vielen Sitzen, bei der Autofahrt und im Sitzen bei der Arbeit, anfängt sich zu deformieren. Ich sitze gefühlt 48h am Tag.

Alles in der Ruhe der Meditation wird gestört durch deine Gedanken, lass sie kommen und weiterziehen. Versuche nicht sie zu analysieren, komm wieder in die Ruhe und sei nur der Beobachter deiner Gedanken, ohne Bewertung durch dein Ego. Jetzt gibt es Menschen, die sagen ich habe keine ZEIT für Meditation. Diese Menschen könnten doch locker 20 bis 30 Minuten ihrer Smartphone-ZEIT für Meditation benützen und würden keine ZEIT verlieren. Hier möchte ich dir das Buch Kaffee am Rande der Welt empfehlen. Dieses kleine Buch hat mir einen Blick auf die ZEIT hinterlassen, was mich meine ZEIT besser nutzen lässt. Ich habe viele dieser Impulse in meinem Auto bekommen. Auf der Fahrt zur Arbeit verbringe ich ca. 1,5 Stunden täglich in meinem Auto. Diese ZEIT in meinem fahrenden Ashram-Tempel habe ich meinem Erwachen gewidmet. Ich habe mir spirituelle Hörbücher, Weisheiten des Buddhismus oder Siddhartha von Hermann Hesse angehört. Besser hätte ich meine FahrZEITen nicht nutzen können.

Natürlich habe ich mir mal ein Roman Hörbuch angehört und meiner Phantasie Raum gegeben. Mein Auto ist der Buddhistische Tempel, der mich Weisheit und Spiritualität lehrte. Viele von Buddhas Weisheiten und Lehren habe ich wiederholt angehört, und immer was Neues für mich entdeckt. Diese Wiederholungen der Lehren Buddhas, haben mich mitgeformt, sind in mir aufgegangen und haben meine Achtsamkeit gepflegt. Die Achtsamkeit ist ein wichtiger Baustein für das Erwachen, der Selbsterkenntnis. Die Achtsamkeit zu pflegen kann geübt werden und sollte zu einem deiner wichtigsten Aspekte werden. So kannst du die Achtsamkeit im Gehen, beim Autofahren und natürlich im Umgang mit Menschen pflegen. Die Achtsamkeit sollte dein vorlautes Mundwerk bremsen. Die Achtsamkeit sollte deinen schlechten Gedanken Einhalt gebieten. Die Achtsamkeit sollte dich vor den äußeren Reizen schützen. Eines kann ich dir aber sagen, die Achtsamkeit zu pflegen ist kein leichtes Unterfangen. Es sollte in kleinen Etappen vorangehen.

Eines wurde mir immer wieder übermittelt „Hab Geduld". Das bedeutet nichts zu erzwingen. Der Weg führt nur zum Erwachen ohne Anstrengung und ohne Mühe. Die Spiritualität braucht kein Druck, kein ich will, kein ich muss. Komm zur Ruhe, den Rest hat Gott schon vorbereitet.

Zur Ruhe kommen, wenn der Geist von Viren angegriffen wird - das verbreitet Angst und die Ruhe wird von dieser Angst zerstört. Genau dies passiert ja in der ganzen Welt.

Zur Ruhe kommen lassen will man dich auch nicht. Alle Politiker, alle Virologen, alle Halbexperten und Machthaber springen auf den Angst Zug auf, um sich Oben im Manegen Himmel zu präsentieren. Endlich im Rampenlicht, wo auch jeder sie sehen kann. Hören tun wir sie zwar, aber sie verbreiten nur Halbwahrheiten, ohne einen Beweis zu liefern. Ihre Zahlen und Statistiken werden so präsentiert, um noch mehr Ängste zu schüren. Angst ist ein starkes Mittel, um Massen von Menschen zu bewegen. Das wissen die Politiker und sie benutzen dieses Werkzeug nur allzu gern. Politik ist wichtig und sollte in der Gesellschaft auch ihren Platz haben. Sie sollte Klarheit schaffen, Ruhe in das System bringen und die Schwachen schützen. Aber was macht unsere Politik?

Schafft sie Klarheit, oder bringt sie Verwirrung?

Bringt sie Ruhe oder Unruhe in die Bevölkerung?

Schützen sie die Schwachen? Oder Schützen sie die Einnahmen der Wirtschaft, oder Spritzenhersteller?

Sie müssten alle Menschen, die ihnen unterstellt sind, vor sich selbst schützen. Hier sollte auch endlich ein Umdenken stattfinden. Viele Politiker erkennen das Fehlverhalten in unseren Systemen. Es gibt einige Lichtblicke in diesem System die mir Hoffnung machen und ich hoffe das es viele Knechte schaffen auf den Wagen aufzuspringen.

Ein neuer Weg sollte hier eingeschlagen werden, leider kann unser Präsident da nicht einschreiten, weil er ja nicht die Macht hat, hier irgendwas zu bewegen. Armer großer König ohne Macht. Er tut auch nur das, was von ihm verlangt wird. In der Macht eines Königs, könnte er natürlich viel bewegen, aber die Fähigkeiten eines Königs gehen weit über die Fähigkeiten eines Präsidenten hinaus. Es ist eine

Berufung und kein Beruf wie er von unseren Präsidenten ausgeführt wird.

Natürlich gab es in unserer Geschichte auch Alleinherrscher, die viel Leid verursachten. Kriege wurden geführt und werden es bis heute. Kleine Kriege, große Kriege, überall und ständig gibt es Kriege. Die Weltmacht ist das oberste Ziel. Es liegt in der Natur des Menschen zu kriegen, was dem anderen gehört. Und genau da liegt das Problem, es ist die Gier jedes einzelnen Menschen, der innere Krieg, nicht das zu wollen was der andere hat. Wie im Kleinen so im Großen. Auch in unseren Kindern herrscht schon dieser Krieg, wenn sie anfangen im Sandkasten des Kindergartens das zu begehren was der andere hat. Genau da entsteht der Krieg, der wenn er von Erwachsenen ausgelebt wird, viel Leid verursacht. Du sagst jetzt bestimmt, mein Kind gibt sein Spielzeug aber immer ab und es wird keinem anderen was wegnehmen. Du hast Recht und Unrecht zugleich, das Kind, das sich das nimmt, was anderen gehört, ist nur stärker in seiner Durchsetzungskraft. Es kann lauter schreien, es ist eventuell schon etwas größer und kräftiger. So wie das junge Adlerküken sein kleines Geschwisterchen aus dem Adlerhorst drängt um allein von dem Futter, das die Eltern herbeibringen zu profitieren. Es liegt in der Natur der Dinge, so wie der lauteste Politiker es schafft, die anderen aus dem Rednerpult zu drängen. Aber was ist mit dem lieben Kind, das gibt und sich nichts nimmt im Kindergarten? Es unterdrückt seinen innerer Drang, haben zu wollen, es ordnet sich unter, sowie die Menschen sich in unserer Gesellschaft, den Lautschreiern unterordnen.

In unseren Kindergärten gibt es ja auch Kindergärtner/innen die eigentlich solche Dinge Maßregeln müssten. Leider sind

diese Menschen aber auch durch ihre eigenen Erfahrungen
so geprägt, dass sie Recht von Unrecht zwar unterscheiden
können aber leider nichts dagegen machen können. Da
werden wir auch nicht den Schlüssel zur Gerechtigkeit
finden. Also finden wir auch den Schlüssel zur Gerechtigkeit
auch nicht in unserer Politik, denn diese ist nur die Folge
des Sandkasteneklats. Und so solltest du unsere Politik
betrachten. Unser Gesundheitsminister, er ist kein leiser
Fluss der besonnen und ohne Angst seine Maßnahmen
umsetzt. Er sucht nicht nach Lösungen, um es den
Menschen zu erleichtern. Mit noch mehr Angst versucht er
die Menschen in eine Richtung, in seine Richtung, auf
seinen Weg zu treiben. Er isoliert die Menschen nicht nur
körperlich, sondern auch seelisch. Da komme ich zurück zu
meinem Leitursprung der Politik. Dient sie dem Wohle aller,
wenn sie das Individuum isoliert? Wenn jeder Mensch sich
vor dem anderen fürchtet, weil er innerlich isoliert ist, was
ist dann noch das Volk oder die Gemeinschaft. Sind wir nur
noch isolierte Individuen, die von einer Führung gelenkt
werden? Das gebe ich zu bedenken.
Kleine Pause, die habe ich mir auch gerade vor der Tür
gegönnt. Welche Sucht da wirkt, ist nicht nur die Sucht nach
Tabak, sondern auch die Sucht nach Pause. Du siehst ich bin
nicht vollkommen und schreibe dir dennoch von tiefer
Einsicht. Es geht mir auch nicht um die Vollkommenheit in
mir oder dir zu dieser ZEIT. Ich bin auf meinem Weg des
Erkennens den ich dir gerne mitteilen möchte. Meine Innere
Einsicht wird aber stetig stärker und wird mich auch zu dem
Lösen des Rauchens führen. Und genau diese Verbindung
zum weltlichen lässt mich auch diese Worte finden, um dich
zu erreichen. Das Rauchen ist hier aber auch nur eine

gewisse Symbolik, mich verbindet natürlich noch vieles mehr mit der Äußeren Welt. Jedoch weiß ich auch, umso mehr ich von diesen Verbindungen auflöse, entferne ich mich von den Verbindungen zu den weltlichen Problemen. Nach meiner Pause vor der Tür, bin ich wieder rein und hab mich vor den Ofen gesetzt und ein Holz nachgelegt. Da wo wir leben, in Sibirien Deutschlands muss man auch noch Ende April den Ofen schüren. Da kommt meine Katze und springt mir auf den Schoß, sie will jetzt Liebe von mir. Schnurrend von mir gestreichelt entspannt sie sich, verbunden mit meiner ausgleichenden Energie. Katzen können mehr fühlen und sehen als wir Menschen. Hast du schon mal eine Katze auf deinen Schoß genommen, weil du es wolltest? Ein Fehler den du bereuen wirst, wenn du in dem Moment nicht ausgeglichen bist und mit deinen Gedanken abgelenkt bist. Katzen können erbarmungslos sein, sie zeigen dir sofort was sie wollen oder nicht wollen, es gibt keine Kompromisse. Da fällt mir ein Bild von Gott ein, dass der Mensch von Gott gemalt hat. Die Engel stürmen zu Gott, der eine schlafende Katze auf dem Schoß hat, und sagen zu ihm - auf der Erde gibt es viel Leid, Menschen bringen sich gegenseitig um und sterben, willst du nichts dagegen machen? Gott sagt zu den Engeln, ich kann nicht, die Katze schläft doch auf meinem Schoß. Gott weiß, dass wenn er die Katze jetzt weckt und sie von seinem Schoß nimmt, sie ihrem inneren Instinkt folgt und erbarmungslos töten wird. Die nächste Maus, Vogel oder Schlange würde ihr zum Opfer fallen. Also bleibt er in dieser Verbindung zur Katze, weil er dadurch Leben rettet. Die Menschen, die sich bekriegen, um das zu bekommen was dem anderen gehört, wollen nicht in Gottes Schoß

ruhen. Sie kämpfen um weltliche, materielle Dinge, um
Macht zu erlangen. Menschen, die sich in die Obhut Gottes
begeben, wollen das alles nicht. Sie wollen kein Krieg, sie
wollen anderen kein Leid zufügen. Also will der Mensch
doch den Krieg und selbst töten!?

Du sagst jetzt bestimmt „also ich will das nicht", und so
geht es jedem Menschen. Vergiss nicht, wir stammen alle
aus der Energie Gottes. Auch der Priester, der Gesandte
Gottes will das nicht, der sich auf brutalste Weise an
Kindern vergreift. Auch der schlimmste Diktator, will nicht
sein Volk leiden sehen. Er verschließt sich in seinem
Elfenbeinturm und widmet sich schönen materiellen Dingen,
die ihn ablenken und bespaßen damit er das Leid seines
Volkes nicht sieht. Da werden prunkvolle Prozessionen und
prunkvolle Militärparaden abgehalten um von dem Leid, das
davon ausgeht abzulenken.

Auch der schlimmste Chef möchte nicht das Leid seines
kleinsten Mitarbeiters betrachten. Er sieht nur auf die
Cockpitcharts mit irgendwelchen Zahlen, die wichtig sind
für seine Führung des Unternehmens. Er steuert anhand
seiner Zahlen und Statistiken seine Mitarbeiter, ohne diesen
zu kennen.

Er geht keine Verbindung zu seinem Mitarbeiter ein und
merkt nicht wie diese sich im tiefsten Inneren fühlen.

Das wirkliche „Ich" liegt tief in uns verborgen, es äußert
sich durch unser empathisches Verhalten, das uns veranlasst
zu helfen. Das verbergen die Menschen aber gerne, damit
sie nicht ihr wahres Ich zeigen. Es liegt in der Verbindung zu
allen Lebewesen, zu der göttlichen Kraft in uns, das uns
rührt, uns aufweckt, wenn wir ein kleines frisch geborenes

Kätzchen finden. Weit und breit keine Mutterkatze zu sehen ist und wir dieses kleine, hilflose Wesen nicht ungeschützt liegen lassen können.

Je nachdem wie dein Ego konditioniert ist, springt eventuell der göttliche Funke in dich und du gehst eine lebenslange Verbindung mit ihm ein. Viele Menschen sind aber emotional schon so weit abgestumpft, mit vielen Ego-Schutzschirmen, dass dieser göttliche Funke nicht durchkommt, nicht mehr wahrgenommen wird. Diese Menschen suchen aber dennoch eine Lösung und bringen dieses kleine Kätzchen in ein Tierheim, wo es in der Obhut von engagierten Menschen am Leben erhalten wird, hinter Gittern der Gesellschaft. Die Gitter der Gesellschaft finden wir auch in Altenheimen, in Einrichtungen für behinderte Menschen, mittlerweile auch in Krankenhäuser. Ich möchte hier aber klar trennen, zwischen den Instituten und den Menschen, die darin arbeiten. Ich danke euch Menschen von ganzem Herzen, dass ihr euch für das „Unbrauchbare" der heutigen westlichen, hoch entwickelten und zivilisierten Welt engagiert.

Das ihr euer Herz öffnet, auch wenn ihr dafür schlecht entlohnt werdet und täglich euer Bestes gebt. Der eine besser als der andere, je nach Prägung eures selbst.

Es sind die Prägungen des Lebens, Hass, Gier, Eifersucht, die wir Menschen in uns tragen, die uns immer weiter verschließen. Auch die einfache Prägung, ich habe keine ZEIT ist ein Teil davon, dass uns bewegt nicht zu sein, wie wir eigentlich sind. Die verschlossenen Menschen verursachen nur noch Leid, in sich und für alle Menschen, die sie umgeben.

Es sind die Priester, die sich hinter den heiligen Schriften
verstecken, die diese MACHT missbrauchen und Kinder
vergewaltigen. Es sind die obersten Politiker, die sich hinter
dem Gesetz verstecken, um die Menschen zu isolieren in
ihrer Freiheit. Es sind die paar Menschen, die sich durch
ihre falsche Wahrnehmung verstecken und Leid
verursachen.

Sind es nicht „Die", die „Wir" isolieren sollten?

Es ist kein Aufruf zum Lynchmord den ich hier starte,
vielmehr will ich dir nur zeigen, dass wir umdenken sollten.

Das Problem zu erkennen und Weise zu handeln.

Vor einigen Tagen habe ich gelesen, dass es eine militante
Gruppe versucht hat unseren höchsten Mann im
Gesundheitswesen des Landes zu töten. Sie haben es zum
Glück nicht geschafft. Er ist so engagiert, dass er selbst
seine Kinder geimpft hat. Er tut alles die Impfung für das
Volk bereitzustellen, ohne Erbarmen wie meine Katze. Er
geht sogar so weit, dass er jeden verpflichten möchte sich
impfen zu lassen, um das Volk zu schützen. Wie ehrenhaft
aus seinem Elfenbeinturm. Hätte es die militante Gruppe
geschafft ihn zu töten, hätten sie selbst getötet werden
können. Also ein Kreislauf des Leides vorangetrieben der
uns nicht weiterbringen würde. Der Schutz der Bevölkerung
müsste aber aufrechterhalten werden und deshalb wäre die
nächste laut schreiende Krähe nachgerückt, um noch
schärfere Maßnahmen durchzusetzen. Sie hätte unsere
unabhängigen Medien, unsere TagesZEITung benutzt, um
noch mehr Angst zu schüren und ihren Willen
durchzusetzen.

Alles was ich dir hier schreibe, sind wie schon so oft
erwähnt nur Halbwahrheiten, falls du lieber anderen

Halbwahrheiten vertrauen möchtest, kannst du das gerne
tun, sie sollten nur mit deinem Innersten übereinstimmen.
Das merkt man am besten im Bauchgefühl, dieses Gefühl,
das sich bemerkbar macht, wenn wir auf unsere Intuition
hören. Eines stört mich aber in dieser ganzen Thematik der
Viruspolitik.
Wenn mein Kind mir erzählt, dass es Angst hat vor einem
tödlichen Virus, dann versuche ich es zu beruhigen und
nehme Worte, die ihr die Angst nehmen. Unsere Politik
macht es aber genau anders, sie möchte uns nicht beruhigen,
sondern erzählt immer mehr Halbwahrheiten, die noch mehr
Angst schüren.
Versuche auch hier deine Innere Stimme zu befragen, die
dich unterscheiden lässt, zwischen der Wahrheit und der
Lüge.
Diese Halbwahrheiten gehören schon dein ganzes Leben zu
dir. Vergiss nicht wir leben in der Welt der Dualität. Wir
benutzen ZEIT, nur für die falschen Werte. Wenn du sagst
wir haben ja ZEIT, behaupte ich wir haben sie nicht. Wir
haben keine ZEIT für unsere Eltern, wir müssen ja dies und
das erledigen. Ständig (er)finden wir Ausreden, warum wir
keine ZEIT haben unseren Eltern, Großeltern ZEIT zu
widmen. Früher als die Menschen noch auf den Feldern
gearbeitet haben, waren ihre Eltern in den
Generationenhäuser integriert. Sie hatten noch ihre
Daseinsberechtigung. Heute jedoch in unserer sozialen
zivilisierten Gesellschaft, haben sie nur eine
Dortseinsberechtigung. Am besten, weit weg von unseren
Herzen. Wir wollen ja nicht ihr Leid erkennen.
Es sind diese Einsichten die mich Nachts wachhalten, drei
vier Stunden Schlaf reichen meinem Körper, was mich

selbst verwundert. Ich stehe Nachts auf und schreibe an diesem Buch, obwohl ich morgens zur Arbeit gehe. Mein Arbeitsalltag ist jedoch nicht von Müdigkeit vernebelt. Ich sehe klar und komme meinen Aufgaben nach. Meine Haltung zu meinen Vorgesetzten sehe ich auf Augenhöhe, ohne mich erniedrigen zu lassen. Bringe mich auch mehr ein als die ZEIT vor meinem Erkennen. Alles wird immer klarer und bewusster und das verhilft mir zu mehr Durchsetzungskraft und einem ausgeglicheneren Leben. Den Weg den ich gehe ist aber kein Pfad des Krieges, in dem ich erbarmungslos um mich trete und mir nehme was ich möchte. Ich lasse gerne mein Herz sprechen und gehe gerne den Weg des geringsten Wiederstandes. Mein Sifu hat immer gesagt „be Water my friend" (was ursprünglich von Bruce Lee stammt) und so sollte man sich auch im Leben bewegen, fließend und stetig und immer mit einer Melodie auf den Lippen.

Eines kann ich dir sagen, es wird ruhiger und geordneter in deinem Umfeld, bei der Arbeit und auch ruhiger in dir selbst. Ich habe aufgehört, nach Anerkennung, nach Gerechtigkeit und Ansehen zu streben, um mein Ego zu streicheln. Durch aufrichtige Arbeit kannst du auch nichts im Arbeitsalltag in unserer Leistungsgesellschaft erreichen, nur durch das Streicheln der Egos von Vorgesetzten. Auch wenn du einen Vorgesetzten mit Herz hast, er wird von den Ego-Räumen seiner Vorgesetzten im Zaum gehalten. Sei mit Herz und bestimmt bei der Arbeit und lass dir nicht deine Sandkastenschaufel aus der Hand reißen.

ZEIT ist relativ, wie auch schon Einstein erkannte. Es ist das, was wir daraus machen. Unsere ZEIT mit nutzlosen

Dingen zu füllen ist unsere Lieblingsbeschäftigung.
Menschen die Aufgrund ihrer Leiden viel ZEIT geschenkt
bekommen, verweilen in der Ablenkung von sich selbst,
durch Fernsehschauen, Handy glotzen, Computerspielen.
Alles Dinge mit denen man sich beschäftigt, die aber keinen
Nährwert haben. Es ist das gleiche als würde wir Styropor
essen statt Obst und Gemüse. Ja, es füllt den Magen, aber
werden wir das über einen längeren ZEITraum tun, werden
wir krank. Du begehst den gleichen Fehler, wenn du nicht
anfängst deinem Kopf geistige gesunde Nahrung zu
schenken. Schau mal bewusst in deinen Alltag. Wie viel
Obst und Gemüse und wie viel Styropor du deinem Gehirn
zum Essen vorsetzt.

Lass dich aber nicht täuschen von Maya, sie ist immer aktiv
und will dich verblenden, sie will dir einreden, das es gut ist,
sich Stunden mit dem Smartphone in der Hand abzulenken.
Erkenne und Handle, ändere deinen Weg vom Außen in dein
Inneres. Da findest du, ohne es zu wissen, was du am
meisten begehrst. Es ist nichts wie es scheint. Versuche die
Dinge umzudrehen und von der extremsten Seite zu
betrachten. Bilde den Gegenpol zu dem was ist und du wirst
feststellen, dass was dich in der Verblendung gefangen hielt,
sich immer mehr auflösen wird. Die Aussage, ich habe kein
Geld, sollte in den Gegenpol gewandelt werden, ich habe
Geld. Denn mit jeder Münze die du in deiner Tasche trägst,
hast du mehr als der, der keine hat.

Oft sieht man nur den, der zwei Münzen hat und sich
dadurch alles leisten kann, was er will. Du bildest den
Gegenpol, zu dem der zwei Münzen hat, folglich ist deine
Münze kein Geld. Sie ist aber absolut gesehen die Hälfte
dessen was der andere besitzt. Du hebst aber seinen

Reichtum an, weil du vergleichst und dich selbst erniedrigst.
Diese Einstellung ist es warum die Menschen Leiden, sie
setzen sich auf die Stufe, ich habe nichts und die anderen
haben alles. Sie fangen an sich in allem zu erniedrigen.
ZEIT ist es die Münze nicht als seinen Besitz zu betrachten,
sondern nur als Tauschmittel um Waren zu tauschen. Diese
Münze bist nicht du, die Identifikation mit der Münze ist es
aber die uns klein werden lässt. Siehe lieber was du mit der
Münze machen kannst was du dafür bekommst. Du kannst
dir dafür ein Brot kaufen und damit deine Familie ernähren.
Du kannst damit mehr Menschen glücklich machen und dies
ist ein viel größerer Reichtum.

Mit dem was du dir erarbeitest, kannst du dir natürlich ein
neues besseres Smartphone kaufen, um dich besser zu
fühlen. Leider ist alles Vergänglich in diesem Universum,
auch du. Dein neues Smartphone ist nur so lange das Beste,
bis du es in der Hand hältst. Mittlerweile ist die Entwicklung
schon so schnell, dass es unmöglich ist, sich in diesem
Rhythmus zu bewegen, immer schneller immer höher immer
weiter.

Halte ein, lauf nicht dem Vergänglichen hinterher, bleib mal
stehen und betrachte die Situation in der Sekunde, in der du
dich mit deinem schwer erarbeiteten Geld zum Mobilshop
begeben hast. Dieses Glücksgefühl das sich in dir breit
machte, besser zu sein als die anderen mit deinem neuen
Smartphone. Dieses Glücksgefühl ist nicht von langer
Dauer, es hält ca.6 Monate, bis der nächste mit dem neusten
Smartphone antanzt. Dafür hast du 12 Monate gespart und
schwer gearbeitet. Ich behaupte sogar das dieses
Glücksgefühl schon nach der ersten Sekunde schwindet,
nachdem der Verkäufer es dir übergeben hat. Geh tief in dich

und beobachte dieses Gefühl, wie lange du wirklich glücklich bist, wenn du dir was Neues kaufst. So ist es mit allen Dingen im Leben, alle Dinge sind vergänglich. Ich habe aufgehört mir Smartphones zu kaufen. Mein letztes habe ich von Verwandten geschenkt bekommen und das davor auch. Es bereitet mir immer wieder ein Glücksgefühl, wenn ich es benutze. Keine Arbeit, kein Verzicht, kein Geld habe ich für dieses Glücksgefühl investiert. Auf die Frage wie viel ich für das Smartphone bezahlen darf, antworteten sie das sie kein Geld dafür verlangen würden, lediglich einen Tag mit ihrem Sohn solle ich dafür aufbringen. Kleine Kinder brauchen viel ZEIT von den Eltern, damit sie aber ihren Verpflichtungen nachkommen können, haben sie leider nur sehr wenig ZEIT. Ich willigte ein und so hatte ich einen schönen Tag mit ihrem Sohn in der Natur mit einer kleinen Wanderung, Essen im Freien und Beobachten von Tieren, Pflanzen und eine Menge an Glücksgefühlen.
Ich weiß, dass ich mehrfach mit Glücksgefühlen beschenkt wurde, weil ich aufgehört habe das neuste Smartphone besitzen zu wollen.
Auch in der aktuellen Situation, des Krieges in der Putin sich mit Selenskyj bekriegt, tragen doch die Soldaten an der Front ihren Beitrag zu Leid von Menschen in sich. Dieses Glücksgefühl, dass sich am Abzug des Auslösers auftut hält nicht von langer Dauer. Der Gedanke, der dem Soldaten mitgegeben wird, es für sein Land zu tun, schwindet, wenn das Projektil in den Kopf des Gegners einschlägt. Diese Sekunde vom Abzug des Auslösers bis zum Einschlag, mit der Last einen Menschen getötet zu haben, hält das gesamte Leben des Soldaten an. Welcome to the hotel California.

du lieber Soldat an der Front, bist es der sich hat blenden lassen von deinem Führer. Dieser hat keinen Menschen getötet. Du bist es, der es in der Verblendung tut, und so trägst du die Last dein ganzes Leben lang. Dreh dich um, dein Gegner steht dir nicht an der Frontlinie gegenüber, er sitzt in seinem Elfenbeinturm und verblendet dich mit Halbwahrheiten und Illusionen. Auch unsere Politiker im Bundestag blenden uns mit Halbwahrheiten in dem sie Medien benutzen, um uns zu täuschen. Jetzt wird in der aktuellen Problematik des Krieges Millionen und Abermillionen von Münzen ausgegeben, um noch mehr Waffen zu produzieren. Denkst du das schafft Frieden? Es ist das Gleiche als das man Schreit, um Stille zu erlangen.

In der ZEIT wo es vermeintlich kein Krieg gab, da wurde kaum eine Münze für Kindergärten, unserem Bildungssystem, dem Wohl des Volkes bereitgestellt. Es hieß nur, unser Haushalt des Geldes lässt es nicht zu, wir sind zu hoch verschuldet. Wo kommen denn plötzlich in der Kriegskrise die Milliarden an Münzen her? Die Illusion des Geldes funktioniert, sie ist es die dich einschränkt, weil du es zulässt. Willst du dich weiter bestimmen lassen? Du musst nicht den Auslöser ziehen, es obliegt ganz alleine dir, es zu tun oder es zu lassen! Löse dich von Maya und sei du selbst!

Auch wenn du jetzt denkst, ich bin doch zu klein und auf mich hört doch eh niemand. Alles beginnt in der mentalen Vorstellung des Menschen. Sieh mal, ich sitze fast jede Nacht und schreibe ein Buch, bin ganz allein mit mir und glaube dennoch was erreichen zu können. So wie ich vor zwei Jahren niemals daran gedacht hätte, mal ein Buch zu schreiben, so tue ich es dennoch und bin erfüllt von einer starken Kraft, die mich antreibt es weiterhin zu tun. Ich bin ebenso wie du, ein „ganz normaler Mensch". Was uns vielleicht unterscheidet ist die Tatsache, ich bin mit meiner Spiritualität in Verbindung gekommen. Die ersten Schritte waren berauschend, und voller Wunder, Erkenntnisse, die ich so nicht kannte. Von ZEIT zu ZEIT dachte mein EGO, das ich so erhaben bin, dass mir nichts und niemand was antun könnte. Die Täuschung von Maya hatte mich selbst in der Reise der Spiritualität getäuscht. Es ist ja auch ein ganz neuer Bereich in meinem Leben den ich vorher nicht erahnte. Diese Täuschung hat mich so weit getrieben, dass ich fast alles aufgegeben hätte, was mich mit dem weltlichen Leben verbindet. Bei meiner Arbeit ging ich so weit, dass ich irgendwann bei der Personalabteilung eine Abfindungssumme verhandelt habe. Infolgedessen mich auch schon mental von unserem Haus verabschiedet habe und in einem Camper um die Welt zog. Ich wollte zwanghaft alles niederlegen und mich nur noch der geistigen Welt widmen und den weltlichen Problemen und Aufgaben den Rücken kehren. Diese Täuschung von Maya konnte ich aber widerstehen und habe angefangen mein Denken dahingehend zu ändern, mich noch tiefer mit der geistigen Welt zu verbinden und alle weltlichen Probleme und Herausforderungen so zu meistern, ohne sie abzulehnen. Ich bin durch diesen ganzen Loslösungsprozess so weit gereift, dass ich die Dinge jetzt klarer sehe und ich auf Probleme anders reagiere. Ich will jetzt nicht sagen, dass ich völlig frei bin von Ängsten oder das mich Probleme nur noch äußerst peripher tangieren. Alles, wie es kommt und was kommt, nehme ich mit einer größeren Leichtigkeit an. Ich habe auch für mich erkannt, dass alle meditativen Praktiken nicht so hoch bewertet werden sollen, dass es nicht nur einen Weg gibt spirituell zu erwachen. Für mich und meine Erkenntnis liegt das große Geheimnis in dem Verhalten des Menschen. Die Achtsamkeit ist eine wichtige Tugend und sollte jede Sekunde praktiziert werden. Mir gelingt es auch nicht immer jede Sekunde in der Achtsamkeit zu bleiben. Ich denke jedoch, jede Sekunde, in der wir die Achtsamkeit bewusst leben und pflegen, machen wir die Welt zu einer Besseren. Jeder der die Wahl hat den Abzug zu ziehen, wird es in der Achtsamkeit der Bewusstheit nicht tun.

So auch jetzt habe ich wieder viele Worte zu Papier gebracht und sitze seit ca. 3 Uhr Morgens an dem Küchentisch und versuche dich zu erreichen. Um fünf Uhr werde ich mich langsam fertig machen und mich zur Arbeit begeben, es ist OK für mich, meine Einstellung zum Leben ist OK und macht mir nur wenig Mühen. Auch Probleme, die kommen könnten, sind für mich in diesem Moment nicht von Bedeutung. Dieses Schreiben verhilft mir im "Hier und Jetzt" zu sein, ohne Mühe ohne Anstrengung. Falls ich dich jetzt inspiriert habe, dass auch du einen neuen Weg gehen möchtest, sei mutig und fang an ihn zu beschreiten, in dir. Dieses in dir anfangen, ist relativ einfach, tue Gutes und lass das Schlechte einfach mal weg. Schlechte Gedanken mit guten Gedanken austauschen Schlechte Angewohnheiten zu lassen und dir und deinem Körper etwas gutes zu tun. Sich im Wald zu bewegen und die Natur wirken zu lassen hat mich auch immer wieder aus den Illusionen von Maya befreit. Alles was dir auf deiner spirituellen Reise begegnet ist, ist nicht von dieser Welt, alles wird dir dienen, um dich selbst zu erkennen. Es können auch schauderhafte Momente

sein, die dich aufwecken wollen. Es geht nicht darum nur Lichtgestalten in ihrer Herrlichkeit zu betrachten. Die Dunkelheit macht es erst möglich dies zu erkennen. In der Dualität der Abtrennung, die unsere Seele bei dem Eintauchen in das weltliche Geschehen erfahren hat, muss die Dunkelheit wie das Licht erkannt werden. Ich habe aber deswegen keine Angst, das Ziel ist durch einen Plan schon vorgegeben. Das Ende des Films ist schon bekannt, oder dem Plan Deines Lebens den du kreieren darfst. Alles was du tun kannst, die Rolle mit deinem Herzen zu spielen und den Lebewesen in deinem Umfeld kein Leid zuzufügen. Ich bin mir sicher, dass wenn auch du es hinbekommst, einen anderen Menschen zu erreichen, ihn von dieser Kraft und diesem Bewusstsein zu überzeugen, wird die Welt schon bald zu einer besseren werden. Bedenke eine Lawine beginnt auch nur mit einer kleinen Schneeflocke.
Noch ein letztes Beispiel möchte ich Dir liefern. Ich schreibe gerade in meinem Buch, als mich der Zug meines Leidens vor die Tür treibt. Noch ein Kaffee, um meine Pause vor der Tür abzurunden. Alles ist vorbereitet, ich habe mir einen Kaffee einlaufen lassen, dem Wohl sein steht nichts mehr im Weg. Plötzlich sagt meine Frau, die gerade mit dem Hund reinkam, ich habe es nicht geschafft den Hund zum Pinkeln zu bewegen, vielleicht schaffst du es ja? Es regnet und da bewegt sich der Hund nur ungern nach Draußen, um zu pinkeln. Sie hat mir die Last auferlegt, mich um den Hund zu kümmern "in Meiner Pause"! Ich antwortete nur brüsk "wir werden sehen". Plötzlich stieß ich in meiner Unachtsamkeit die Kaffeetasse um, die vor mir stand und all der Inhalt ergoss sich über den Tisch, auf den Boden und über Teile meines Schlafanzuges. Sie fielen der

Verkettung meiner Gedanken zum Opfer. Ich stand vor der Prüfung von Maya. Zufall ist nur eine nicht verstandene Gesetzmäßigkeit. Also machte ich mich daran die Scherben meiner Gedanken aufzusammeln. Ich habe den Tisch abgedeckt, die nasse Tischdecke vom Tisch genommen, den Boden gewischt und mein Schlafanzug ausgezogen.
Meine Frau bemerkte erst mein Malheur als ich mit der kaffeegetränkten Tischdecke ins Bad kam. Ich war ruhig und gelassen. Als wir versuchten die Situation zu durchleuchten, kam viel Missverständnis auf. Ich behauptete, dass sie mir die Last, der Hund muss pinkeln übertragen hatte und ich deshalb die Kaffeetasse umgestoßen hätte. Ihr Antrieb war es aber zum Wohle des Hundes zu handeln. Es war jedoch meine wohlverdiente Pause die ich jetzt als Pinkelanimateur opfern musste. Da sich aber meine Versuche zum Klären des Sachverhaltes in immer mehr Missverständnisse verstrickten und sich jetzt auch noch meine Tochter in die Debatte einmischte, drohte das Ganze zu eskalieren. Ich kam in dem ganzen Gerede von, du hast das und jenes Gesagt, wir müssen uns doch gegenseitig unterstützen nicht weiter. Das ursächliche Problem, der Hund muss pinkeln rückte in weite Ferne. Ich wurde ganz ruhig und nahm den Hund mit einer frischen Tasse Kaffee mit raus vor die Tür. Draußen angekommen forderte ich ihn auf zu pinkeln. Er tat es natürlich nicht. Erst als ich loslief im Regen und mich den Umständen des Regens auslieferte, folgte mir der Hund in den Garten. Er lief mit mir, bis zum Gartentor hat aber immer noch nicht gepinkelt. Mir viel ein, dass wenn ich ihn auf die Straße rausließ, er immer sofort pinkelte. Also gingen wir raus und er pinkelte. Juhu, dachte ich, er tut es weil ich es wollte, mein Hund aber folgte nur seinen

Trieben. Er markierte draußen nur die Stellen seines Reviers und folgte seinem großen Freiheitsdrang, der ihm durch die Umzäunung unseres Grundstückes eingeschränkt wurde. Er ist ein Bengel, der jede Gelegenheit nutzt, sein Markierverhalten und seinem Freiheitsdrang nachzukommen. Er geht gerne alleine laufen, ohne Hundeleine und ohne eine Aufsichtsperson. Das tat er auch jetzt, trotz Regen folgte er seinem, ihm höherstehenden Trieben. Rufe meinerseits wurden ignoriert und so ging er alleine los und ich zurück ins Haus. Somit konnte ich dem Ruf folgen, weiter an meinem Buch zu schreiben und der Hund seinem Ruf der Natur folgen. Schon nach einer gewissen ZEIT kam der Hund wieder Heim und die ganze Familie war glücklich und zufrieden.

Entscheidend war die Einsicht, nicht auf meine Pause zu bestehen und meinem Ego, meinen Gedanken Vorrang zu geben. Ich habe irgendwann erkannte, dass es besser ist, nicht dagegen anzukämpfen. Somit lief der Tag wieder in schönen harmonischen Bahnen.

So kann man in seiner Achtsamkeit seinem Ego und der Täuschung von Maya widerstehen, und sein Umfeld mit positiver Energie fluten. Die Dunkelheit, die aufkam, habe ich schnell erkannt und habe wieder Licht hineingelassen. So möchte ich auch das Licht in dein Herz lassen und unsere Lichter können auch noch andere Lichter entfachen. Wie meine Frau zu sagen pflegt "von Herz zu Herz".

Du hast auch verstanden, dass in der Aussage "mein Geld" nicht das Problem im Geld liegt. Das man Krieg nicht mit Waffen beenden kann. Das ich mir auch ohne Zigarette eine Pause gönnen kann. Das auch Donald Trump an das Gute glaubt, und mit seinem "Amerika first" sich nicht über die

Welt mit Waffen stellen möchte. Hat er in seiner AmtsZEIT, Kriege begonnen wie seine Vorgänger oder Nachfolger? Ist er zu seinem Volke gegangen, oder hat er sich im Weißen Haus isoliert von seinem Volk. Seine Wahrheit war einfach und klar, wie die eines kleinen Jungen, der an das Gute glaubt. Den Krieg den er führte, war ein Medienkrieg, in dem sich seine Gegner behaupteten. Ich denke mit seinem "Amerika first" wollte er nur zeigen, dass er das größte Problem der Welt erkannte, und das liegt in der Verblendung der Menschen in Amerika. Wenn die Amerikaner nur aufwachen würden, um zu sehen was für ein Leid von ihnen auf die Welt ausgeübt wird. Ihre überfüllten Einkaufsregale, ihrem Hunger nach noch mehr, ihre Ungleichverteilung des Geldes, ihre Rassentrennung, ihrer Ausbeutung der Welt. Ihrem "Think big" auf Kosten von anderen.
Trump ist ein "Andersdenkender" so wie ich auch, und diese Menschen die andersdenkend sind, haben die Welt zu einer besseren gemacht.

Wach auf!

Und vor allem, schlaf nicht wieder ein. Das Beispiel Trump ist nur ein Ansatz, die Welt von einer anderen Perspektive zu betrachten. Ich habe aus dem Medienbild von Trump ein anderes gemacht, seine Polarität geändert, um zu sehen, was ist.
Was Trump wirklich ist. Vermag ich aus der Ferne nicht zu beurteilen, ich müsste schon mal mit ihm, seiner Frau, seinem Angestellten und seinem Hund reden. So könnte ich mir ein klareres Bild von ihm machen. Ich weiß aber das Medien benutzt wurden, die ihn in ein schlechtes Bild

gerückt haben. Ich weiß auch, dass er den scheinbar
schlimmsten Diktator Kim Jong-Un beruhigen konnte. Ich
weiß auch das viele seiner Vorgänger viele Menschen haben
töten lassen. Tiefer zu Blicken und klarer zu sehen ist gar
nicht schwer, man muss sich nur an die Wahrheiten der
Vergangenheit halten, um zu verstehen. Die Kunst besteht
darin die Pole umzudrehen und mal von der anderen Seite
zu schauen. Ich verehre nicht Trump, sondern betrachte, was
er für die Menschen tat. Ich lasse mich nicht durch die
Bilder der Medien täuschen oder von einer kollektiven
Täuschung einnehmen.
Jetzt könnten wir uns Putin vornehmen und seine
Gräueltaten in der Ukraine betrachten. Die Medien
reflektieren uns ein Bild des Grauens. Es sterben Menschen
in der Ukraine, und das sind nicht nur Ukrainer sondern
auch Russen. Es macht mich traurig das Menschen in
Kriegen sterben, weiß aber auch, dass ich es nicht
verhindern kann. Es ist schließlich immer der Mensch selbst
der den Abzug an der Waffe zieht.
Das Russland die Ukraine angegriffen hat, muss ja einen
Grund haben. Ich meine nicht den Grund, der uns über die
Medien eingetrichtert werden soll.
Ich betrachte gerne die Vergangenheit und schaue was sich
da getan hat. Was ich mit Sicherheit weiß, ist, dass Russland
eine riesige lange und teure Gaspipeline gebaut hat. Diese
Gaspipeline ist auf viel Kritik gestoßen, auch Amerika hatte
was gegen die Pipeline einzuwenden. Wie anmaßend von
Amerika sich in die Geschäfte zweier Geschäftspartner
einzumischen. Mit welchem Recht? Hier wurden Sanktionen
gegen Firmen verhängt Menschen angeklagt usw. Mit
welchem Recht? Jetzt ist die Gaspipeline fertig und der

Krieg hat begonnen. Mit welchem Recht? Sind es nicht auch die USA, die das Mittel der Nato benutzen, um Waffen und Kriegstreiberei in der Ukraine zu fördern. Auch die EU muss mitspielen, weil es die USA wollen. Noch mehr Waffen für den Frieden? Na, ich zweifle an einem friedvollen Ausgang in diesem Krieg. Solange eine Waffennation wie die USA hier das Sagen hat, werden noch viele unschuldige Menschen sterben.

Dieser Krieg ist ein Krieg zwischen Russland und den USA, erschreckend dabei ist, dass dieser Krieg auf keinem der beiden Länder stattfindet, sondern in einem Land das nur Mittel zum Zweck ist, und hier Menschen sterben, die definitiv diesen Krieg nicht wollen.

Wieder eine Sichtweise, die sich mir auftut, wenn ich die Verblendung, die dieses Ereignis überschattet auflöse. Auch das ist nur eine Halbwahrheit lässt mich aber den nötigen Abstand einnehmen, um mich nicht in dem Strudel der Ereignisse mitreißen zu lassen.

Meine Meinung über diesen Krieg ist mir nicht wichtig sie dient mir nur auf meinem Weg, einem Weg, der die Wahrheit näherbringt. Ist deine Meinung wahrer als meine, lasse ich mich gerne auf deine Meinung ein, solange deine Meinung den Weg des Herzens beschreitet.

Viele dieser anregenden Beispiele habe ich auf meinem spirituellen Weg erfahren dürfen. Auch habe ich erkannt, dass wir keine ZEIT mehr haben, um uns zurückzulehnen. Ich sitze hier am Tisch in unserer Küche und bin glücklich über den Mut dir zu zeigen, dass es nicht schwer ist herauszutreten und mit Herzen eine Aufgabe zu erfüllen. Jetzt ist es kurz nach 2 Uhr morgens, und ich habe ca, 3h Stunden geschlafen in 3 Stunden werde ich zur Arbeit fahren und dort meinen Dienst verrichten. Ich bin kein durchgedrehter Übermensch, ich gehe einer ganz normalen Arbeit nach, verdiene Geld, das ich für ein Brot eintauschen kann und ich brauche kein zweites Brot. Habe Fehler wie jeder andere, auch du hast Fehler in deinem Denken. Ich will dir auch Mut machen, sollte dieses kleine Buch was in dir bewegt haben, folge den Zeichen, die sich dir auftun. Meine Zeichen folgten dem Wissen der Philosophen, der Weisen und der Gelehrten. Das Internet war mir hierbei sehr hilfreich, die größte Bibliothek der Welt. Viele Stunden auf der Suche nach der Erkenntnis über interessante Seiten die vollgepackt sind mit Wissen und Weisheit, über spirituelle Medien die mir geholfen haben mich meinem Innersten näher zu bringen. Ebenso mit der Hilfe meiner Frau, die mit ihrem schamanischen Wirken und ihren Trommelreisen, mich mit der spirituellen Welt verbunden hat.

Auf meiner Suche habe ich versucht immer weiter und weiter zu kommen, viele Stunden der Meditation mit der Hoffnung der Erleuchtung. Viel Erwartung habe ich in mir aufgebaut, es hat sich schon so was wie ein Meditations-Ego gebildet. Der Spirituelle Weg ist natürlich aufregend, neu, gibt einem Kraft, und man will es jedem sagen, jedem helfen und jedem von diesem Weg überzeugen. Die Euphorie, die sich da auftut ist natürlich der Konditionierung geschuldet, die wir Menschen bis zur kleinen Erleuchtung erfahren haben. Wichtig ist hierbei, nicht gleich loszurennen und zu versuchen die Welt von dieser Halbwahrheit zu überzeugen. Die tiefere Einsicht in die Dinge relativiert die Anfangseuphorie und lässt dich glaubwürdiger erscheinen. Du handelst mehr aus dem Herzen als aus dem Kopf. Aber bitte fang endlich an, dich

mit deinem höheren Selbst zu verbinden. Probiere dich
durch das Internet und schau auf was du reagierst, was dir
hilft dich besser zu verstehen. Und alles was du tust, solltest
du nur für dich tun und für keinen anderen.

Meine Suche nach Erkenntnis hat nie aufgehört und wird nie
aufhören. Im Kybalion habe ich sehr viel Weisheit gefunden.
Hier habe ich die tiefsten Einblicke bekommen. Das lebende
Werk das geschaffen wurde, durch die drei Eingeweihten.
Die sieben Pläne die da verstanden werden wollen, sind in
mir und was ich in der materiellen Welt nicht verstehe,
offenbart mir das Kybalion. In dem tiefen Inhalt des
Kybalions liegt die Verbindung zu allem was ist, im Herzen
jedes einzelnen Lebewesens. Dies ist auch mein Antrieb
dieses Buch zu schreiben. Ich habe mein Herz geöffnet um
dir zu zeigen, dass es unser einziger Weg sein sollte. Was
denkst du, ist es nur ein Zufall das dieses Buch denn Weg zu
dir gefunden hat? Ich sage Nein, es wollte zu dir, weil du
bereit bist dein Leben in deine Hand zu nehmen, Klarheit in
deinen Verstand und Liebe in dein Herz zu lassen. Hilf mir
dieses weiterzutragen, es ist wichtig. Falls du dich alleine
fühlst, kann ich dich beruhigen. Viele Menschen da draußen
merken, dass in dieser Welt was nicht stimmt. Ich bin
überzeugt das es schon bald zu einem Umschwung kommen
wird, ganz dem Schwung des Pendels im Rhythmus der
ZEIT.

Ich habe gelernt in den Zufällen meinen Sinn des Lebens zu
entdecken.

Ich wünsche Dir von Herzen, das auch du denn Sinn deines
Lebens entdeckst.